中国文化
经纬

中国神话传说

叶 名　著

中国书籍出版社
China Book Press

图书在版编目（CIP）数据

中国神话传说 / 叶名著. — 北京：中国书籍出版社，
2014.11

ISBN 978-7-5068-4546-5

Ⅰ. ① 中… Ⅱ. ① 叶… Ⅲ. ① 神话—作品集—中国—古
代 Ⅳ. ① I276.5

中国版本图书馆CIP数据核字（2014）第246885号

中国神话传说

叶名　著

责任编辑	李国永　庞　元	
责任印制	孙马飞　马　芝	
出版发行	中国书籍出版社	
地　　址	北京市丰台区三路居路 97 号（邮编：100073）	
电　　话	（010）52257143（总编室）　　　　（010）52257140（发行部）	
电子邮箱	chinabp@vip.sina.com	
经　　销	全国新华书店	
印　　刷	三河市华东印刷有限公司	
开　　本	635毫米×970毫米　　1/16	
字　　数	110千字	
印　　张	13	
版　　次	2015 年 10 月第 1 版　　2019 年 5 月第 2 次印刷	
书　　号	ISBN 978-7-5068-4546-5	
定　　价	48.00 元	

总　序

　　二十世纪三十年代，陈寅恪先生在冯友兰《中国哲学史》下册的《审查报告》中说："窃疑中国自今日以后，即使能忠实输入北美或东欧之思想，其结局当亦等于玄奘唯识之学，在吾国思想史上既不能居最高之地位，且亦终归于歇绝者。其真能于思想上自成系统，有所创获者，必须一方面吸收输入外来之学说，一方面不忘本来民族之地位。此二种相反而适相成之态度，乃道教之真精神，新儒家之旧途径，而二千年吾民族与他民族思想接触史之所昭示者也。"今天读陈先生的话，感慨良多。先生所言之义：佛教传入中国，其教义与中国思想观念制度无一不相冲突。然印度佛教在近千年的传播过程中不断调适，亦经国人改造接受，终成中国之佛教。这足以告知我们外来思想与中国本土思想能够融合、始相反终相成之原因，在于"必须一方面吸收输入外来之学说，一方面不忘本来民族之地位"。这就是我们经常讲的，当下中国文化必须"返本开新"。如有其例外者，则是"忠实输入不改本来面目者，若玄奘唯识之学，虽震荡一时之人心，而卒归于消沈歇绝"。

我以为近代中国落后于西方，不应简单视为文化落后，而是二千多年的农业文明在十八世纪已经无法比肩欧洲工业文明之生产效率与市场资源的合理配置，由此社会政治、国家管理制度也纰漏丛生。由是而观当下之中国，体制改革刻不容缓，而从五四时代以来的文化批判也需深刻反思。启蒙运动对传统文化的批评固然有时代需求，未经理性拷问的传统文化无法随时代而重生。但"五四运动"的先贤们也犯了"理性科学的傲慢"，他们认为旧的都是糟粕，新的都是精华，以二元对立的思考将传统与现代对峙而观，无视传统文化在代际之间促成了代与代的连续性与同一性，从而形成了一个社会再创造自己的文化基因。美国学者席尔思写了一部书《论传统》，他说：传统是围绕人类的不同活动领域而形成的代代相传的行为方式，是一种对社会行为具有规范作用和道德感召力的文化力量，同时也是人类在历史长河中的创造性想象的沉淀。因而一个社会不可能完全排除其传统，不可能一切从头开始或完全取而代之以新的传统，而只能在旧传统的基础上对其进行创造性的改造。此言至矣！传统与现代不应仅在时间序列上划分，在文化传承上可理解为"传统"是江河之源，而"现代"则是江河之流。"现代"对"传统"的理性诠释，使"传统"在"现代"得以重生。由此，以"同情的敬意"理解自己民族的文化传统是当下中国的应有之义，任何历史文化的虚无主义都要彻底摒弃。从"五四"先行者到今天的一些名士，他们对传统文化进行激烈批判，却也无法摆脱传统文化对自己的思维方式和价值观念的影响。这样的事实岂可漠视。

这套《中国文化经纬》丛书是在 1993 年刊行的《神州文化集成》丛书的基础上重新选目、修订而成。自那时到今天，持续多年的"文化热"、"国学热"，昭示着国人对自己民族文化的认同还处在进行时。文化决定了一个民族的性格，民族性格决定了一个民族的命运。中国文化书院成立至今已有 30 年了，书院同仁矢志不移地秉承着"让世界文化走进中国，让中国文化走向世界"之宗旨，不负时代的责任与担当。此次与中国书籍出版社合作出版这套丛书，期盼能在民族文化的自觉、自信、自强上有新的贡献。

王守常

2014 年 12 月 8 日

于北京大学治贝子园

目　录

导　论

一

　　神话是一种综合的观念体系，其表现形式多种多样：艺术的、非艺术的、含有艺术成分的。各种直观的艺术表现手段，都可再现神话的思维。如以绘画、雕刻、音乐、舞蹈……来表现神话意识中飞腾自如的翩翩奇想。但在后来的发展阶段中，融汇各种形式而且特别有代表性的，恰恰是语言的叙事，因为我们和我们的祖先，生活在一个以语言（记录为文字）为主要手段传递思想信息的时期。

　　现在我们看到的最古老的文化遗存，多取非语言的形式，如岩画、雕刻等等。其中，有些可以用神话、传说印证，有些则迄今尚未能解其含义。而这些遗存的发生时代，正相当于语言发展的原始阶段。因此，非语言的表达形式，也对神话叙事的研究大有参考价值。

在语言艺术开始发展的阶段，神话主要通过语言的陈述和歌咏的韵律来表达，造型艺术转而为辅；在文字形成的阶段，它被记录、改造、发挥甚至被哲理化。

神话是原始的信仰、道德、哲学及法术、科学、艺术诸观念系统的凝聚体，它包含着丰富的社会功能和心理功能。

试以原始宗教仪式为例。经许多学者实地进行的民族学、民俗学调查证明，原始宗教仪式，是一个演唱、讲述神话和保存、传播神话的重要场所。它与神话的情境和色调，极为融洽、协调。原始人并不旁观仪式来赏心悦目或有意识地"教育人民"，而是通过参与仪式而和超自然的力量"互利"：人祭祀神，神赐福于人。

在我国先秦时代，文、史、哲不分家。而原始的自然科学和社会科学，则是神话世界观孕育的。原始天文学（如历法与星相之学），和原始"未来学"（如卜筮学），作为当时人类精神形态的真实写照，都与神话发生万千联系。著名的中国医学，先是与巫术后来又与哲学（阴阳五行论）浑然一体。凡此种种，在早期依赖语言，后来又凭藉文学予以传承、记录。古代的所有学问和叙事艺术，都与神话难解难分，有时甚至是从神话叙事中派生出来的。反过来，人类智慧在这些精神领域的发展，又会反馈到神话中去，推动神话本身的形成，影响神话的流传与演变。

神话，这种受到特殊综合的原始叙事，是"生命的颂歌"，它那瑰丽奇幻的生命热情，把宇宙生命化，把生命人格化，最后把人类超人化了。于是，全能的、至上的"神"，就出现在原始精神世界中。神，成为神话的核心。但神的本质，则是原始人生命力的外溢。

神话叙事是虚构的。但神话观念与历史观念却有惊人的一致性：神话与历史都采用"追溯"的方法，来探求掩埋在时间积尘锈蚀下的"真相"。神话与历史的作者，都相信他们描述的正是"发生过的事件"。这种信仰，使得语言的艺术比造型的艺术，更擅长表现时间的流逝感。神话的世界，是一个时空膨胀、错落周流的谲怪世界。它展现了近乎无限的空间，打乱了一切寻常的时间界限；同时，又恰到好处地把时空在"无限"中重新组合起来。

二

在神话传播过程中，语病、讹误，以及大众对圣人的修辞手法的附会，原始部落对文明中心的谣传等等，无疑起了巨大的作用。但根本的源泉却不是这些"错误"，而是另种"真理"——生存斗争的需要。正是为了抵抗生存的压力，那些限于条件而未能创造神话的氏族、部落、民族，便着手吸取异群的神话，并以损益继承的方式推动神话作跨民族的旅行。

神话流传的动力，并非纯然的审美要求或幻想娱乐，在很大程度上是为了争夺"精神的优越"。野蛮民族，往往夺取文明民族的神话为己所用，犹如夺取普通的掳获物或女奴。亚述人是如此，罗马人是如此，而中国境内也不乏这种事例：接过先进民族（"他"）的神话以增强后进民族（"我"）的自信与权力感。

说原始人创造神话仅仅为了某种"认识或解释世界"的愿望，未免过于静态了。在原始人那里，本能的冲动和不加克制、无须检验的夸张争胜，比我们今日所能想象的要强烈得多。而"认识"和"解释"，却不免是一种理性行为，因此，神话总是潜伏着本能与理性的冲突。当理性的势力增加到一定限度时，神话的历史化、道德化、哲学化时代就来到了——神话的原初魅力（即本能力量）就完结了。所以，"认识"和"解释"成分的增长，乃是砍伐神话丛林的两把斧子。

在生存斗争的意义上，神话的产生与发展，实际上是人的自信心高涨的表现。"超自然的解释"，常是基于"与自然斗争"的需要，而"与自然斗争"的企图，很大程度上又为证明自身的社会优越性而发（如"生产力与上层建筑"之间的循环论证关系）。

"与自然斗争"是其表，"与社会斗争"是其里——神话就这样被一部分人用以在精神上压倒另一部分人。而当对方不甘屈服并进而回击时，神话的发展就获得了进一步的动力。角逐的各方都极力提高自己神话版本的可信性和权威性，以增强威慑的力量，其效果如魔鬼面具一般。对本社会内部，神话的功能犹如稳定社会航船的压舱石，它的迷醉力使人镇定，使人可以为了荒诞的目的而毫不犹豫地献身。

这样看来，说一切神话归根结蒂是为了加强"自我中心"的地位实不为过。一切神话不可能公正无私地"反映了原始人的幻想"，因为它总是那样垂青于故事的主人公，因为这正是强化讲述者本集团与神话主人公之间关系的有效途径。祖先谱系的优劣之争、势力范围的划分、创造发明权的垄断、与天神的亲密关系、历史上的光荣业绩，无一不由此而得到"证明"。这无异于是在进行一场原始的宣传战，其原始性（相对于现代意识形态）仅仅在于：其主人公常常不是人形的，以格外突出其超人力量。原始人需要这样的力量来对抗自己的困境，以便在民族斗争中，把神话当作武器，从精神上压倒其他氏族。这不仅自然，而且必须。以便用批判的武器（神话），去为武器的批判（征服）开辟道路。

这种以超自然力量为先导的宣传，常常是无意识的，所以，宣传者自身也信以为真。使别人相信的最好办法，是使自己坚信不疑，"自欺欺人"，是一项既古老又不断年轻化的文明遗产。许多流传至今的神话之所以看起来秉持一种中立的超越性立场，主要是因为在流传过程中数易其主，致使原先的集团属性变得趋于模糊。

神话绝不是"为艺术而艺术"的，也不是"为信仰而信仰"的，它只是"为生存而讲述"。所以，神话并不自命为目的，而只谨守助人解脱的天梯地位。

从表面看，神话源于生活，是创作者对生存压力所作出的灵巧反应。所以，人在神话中表现的东西是他渴望做但却做不到的东西。正如在人文时代，生活中比比皆是的东西，艺术却反而不急于去表现。

与古代中国在社会政治方面的大一统格局相反，中国古代最终没有形成许多民族都有的那种神话体系，同样，中国古代并没有自发地出现许多民族都有的创世神话。尽管创世神话在神话系列中属于晚出的，但神话系列的结构却离不开创世神话。所以，在讲述完整的神话时，往往要从创世的故事入手。

人的认识，总是先小后大、先浅后深、由近及远的。关于宇宙起源这么渺远的本体性问题，自然并非他的思维能力所能首先企及的对象。

宇宙的起源神话，大多采用了一元化的表述，以奴仆命风月的结果，往往把宇宙万物推原为某个一元的中心。这表明，神话的接受者已形成对世界统一秩序的观念。这或是从他们自己的文化中内生的，或是由更先进的文明输入的。

从内生的层面讲——较完整的神话系列的形成，也不纯然是神话本身发展的结果。一方面，它必须仰仗哲学的要素（如思考宇宙的性质和起因、万象运化的道理等等）；另一方面得仰仗艺术的要素（如赋予神话的情节及人物以某种美质，用以美化人的精神）。因此，我们看到，只有在哲学与艺术的发展正好契合于神话发展的社会里，神话的系统才能形成。它实际上是一种变相的哲学思想和艺术审美。因此，既是艺术宝库，又是智慧之渊——它成为智者见智、仁者见仁、美者见美的全民性经典。

从输入的层次讲——迄今发现的世界最早神话史诗是巴比伦的《吉尔伽美什》，这部长达数千行的巨作尽管业已残缺不全，但仍可看出其结构的成熟性，因为它与早期苏美尔的英雄传说有渊源关系。

在它之后的一千多年间，在西方（希腊）和东方（印度）又各自出现了几部更伟大的史诗。希腊的两大史诗公元前五世纪在雅典记录下来，篇幅比巴比伦史诗远为巨大。而印度的两大史诗在公元三世纪才得以记录，体制又在希腊史诗之上，真可谓"大器晚成"。

又过了一千年，欧洲一系的史诗在希腊以西的日耳曼、斯拉夫、拉丁诸族中继续发展，但如北欧的事例所示，受到基督教势力的抑制，而不能发育完全。但在印度以东的西藏高原上，由于和佛教思想取得了较好的协调，史诗园地开出了一朵奇葩，岭国的《格萨尔王传》，产生于十二世纪前后，十八世纪才开始记录，据目前尚不完全的统计，已达六十余部，比希腊与印度史诗的总长度还要长。

从传播学的角度看，神话传说不仅在某个民族的文化氛围以内是由简到繁地发展着，即使在跨民族的世界范围内，只要后进民族充分吸收了先进民族的文化，同样可以青胜于蓝。现在史诗本身的记录与传播过程中，如北欧神话的记录，就是出自异己的基督教士之手，《格萨尔王传》首先是在乾隆时的北京印制的，而大量的"印第安神话传说"则是由西班牙传教士整理保存的。若没有这些高度文明的跨民族的力量记录、保存，神话史诗的系统性实际上不会那么显著，甚至史诗本身也就无从存在了。

从内生的层面讲，古代中国神话摄入的哲学与艺术力量不够，因而不能形成系统性。

从输入的层面讲，古代中国神话显然没有引入其他文明的系统，因而未能补足内生力量的不足。

这样，就使得着手少数民族的神话，成为中国神话总体研究中的一项基础性工作。

三

中国有五十六个民族，许多民族都不同程度地存留着自己的神话及含有神话因素的传说、故事、寓言等等。其中如纳西族、彝族等神话的丰富程度，并不比汉族神话逊色。有些民族脱离原始的精神和物质生活状态还不久远，故其神话的矿床不仅量大，而且质纯。这是整个中华民族的共同财富，应该放在一起作总体的透视。但是各民族神话在其渊源、形态、体系、内容以及风格上都不尽相同。就洪水神话而言，在不同民族那里，就有不同的细节和含义：关于起因，汉族神话大体属于自然发生型，而其他民族神话则各有不同的起因：

有的因触怒雷公、龙王而招致暴雨倾盆；有的因兄妹结婚触
犯天神规定的禁忌而招致洪水滔天；有的因猴子淘气，不听
天神劝告，在天庭之上戏水，打翻"金盆"而导致人间陆沉，
如此等等。就主要角色而言，汉族神话中的主角多受历史化
的影响；少数民族神话则各有地方特色，且其主角多数尚未
失去神格。就洪水的发动者而论，不仅有天神、雷公，还有
龙王、恶魔，甚至"伏羲"、"女娲"。传递洪水警报的神
话形象，既有天神本身，也有青蛙之类的神奇动物。至于避
水的工具，各个民族更是各不相同，有的用葫芦、牛皮囊避灾，
有的用水柜、木槽等等。在洪水之后的人类"再生"方面，叙
事艺术在描述婚配情节上，至少有三种形式：（一）凡人之间
非血亲婚的样式，如佤族、傣族、布朗、阿昌诸族的神话；
（二）凡人之间血亲婚样式，如壮、瑶、白、苗、怒、哈尼、
傈僳等族神话；（三）凡人与天女婚样式，如纳西族和凉山
彝族的神话。汉族神话，还有不同于其他民族的罕见特质：
它讲述的不是"避水"，而是"治水"。上述种种差别，表
明了神话的异源：把丰富的中国神话看作单一系统，在神话
学的专业上是困难的。

　　因此，把民族神话中的诸成分，放到人类文化学的整体
坐标系上分门别类实有必要。

各民族神话在渊源、形态、体系、内容、风格……等方面千差万别，它们是不同民族长期面对自己颇为特殊的生存处境，逐步创造发展起来的（这不排除借鉴、吸收外来的名称、观念、形象、模式、情节）。它们独立存在，各具特殊的神采。

神话学界，目前还习惯于把中国神话分为"汉族神话"与"少数民族神话"两类。比起二三十年代的神话学界用"中国神话"去指代"汉族神话"来，这一区分是个进步。但这一区分本身，仍然不尽合理。一方面，"少数民族神话"与"汉族神话"具有难以割裂的有机联系。另方面，即使撇开汉族，各少数民族也并不构成一个有机整体。细细分析下来，我国各少数民族有着与邻近各文明区域（如汉族地区、国外民族地区等）交流经济、文化的悠久历史，彼此间文化的相互影响很深。一方面，少数民族对创建中华民族的共同文化贡献颇大；另一方面，汉族高度发展的文化也对少数民族神话产生了深刻的影响，这些影响可以从如下三个方面看：

（一）人为宗教的渗透

各种高级的宗教观念和社会意识，渗透着少数民族的神话。它或使一些社会发展还停留在原始社会的民族出现了早熟的体系神话，或则"扭曲了"神话的原始性，使一些较高社会发展阶段所产生的事物与意识进入了原始神话。

如普米族创世神话《吉赛叽》，属于古老的化身型神话，但却浸透着佛教的影响。它讲到猎人吉赛米在菩萨的帮助下放狗撵鹿创地创天。有一天，他遇到一头马鹿，就放狗紧追，把鹿射死后，砍下鹿头，成为蓝天，鹿牙变为星辰，鹿眼变成日月，鹿体化为大地，鹿的心、肝、肺变为山谷，鹿肠变成了江河、道路，鹿骨架变成了地脉，鹿胆变成了彩虹，鹿胃变成了皮囊，鹿血变成了龙潭、湖海，鹿毛变成了万木千草，鹿皮变为草坎大川，皮上的斑点变成了畜群，鹿肋变成了仓房，鹿脚变为房屋的支柱，鹿蹄变成了皮靴，鹿尾巴变成为祭天神的青松树……

"菩萨"、"猎人"和"狗"的三位一体成了创世的原动力。这里既有较为原始的生活成分，如猎鹿活动，又有文明的宗教思想产物——菩萨。而这"菩萨"在三位一体中，是举足轻重的。没有菩萨的指点和帮助，猎鹿则无法成功，创世则无从开始。

傣族神话《九隆王》讲述勇士蒙伽独的第九子光头九隆（据说他的头是佛爷的经典变的，故而不长头发），继承父志前去斩杀九条作怪的毒龙，在一位披黄袈裟的白胡子长老（显然是佛门中人物）的帮助下，治服了毒龙，带回了种子，九个兄弟也与九位龙女结了亲。这其中，从主人公的来历到帮助九隆的长者，无一不与佛门有缘。

仫佬族《天是怎样升高起来的》讲述的是天地分开的神话。其中的宇宙至上神是"玉皇大帝"，故事虽是仫佬族的，神却是汉族道教信仰中的天帝。仫佬族神话《阿力和达勒》中不但有"玉皇"，还有"织女"。玉皇仍然扮演着至上神的角色，织女则成了玉皇的信使，还化身为"神鹰"。在神鹰形象中，其本族的特点似更充分，但已沦为"玉皇"的附庸。

（二）商品经济和国家观念的渗透

边疆地区的经济、文化较为落后，有的民族几十年前还处于原始公社末期或"奴隶制时代"。但在文化上深受汉族文化的影响，已有雏形的商品经济观念或国家观念进入神话。

在彝族神话中，恩梯古是发洪水的天神。他年年都要向地上的人们"收纳粮税"，当他发现"差人"被下界的百姓杀死后，就发下九个湖的洪水惩罚人类。一说他得知地上的祖坟已被下界的人们耕毁了，就降下天海，淹没了大地。文明社会的租税观念、祖坟观念，已经堂而皇之地进入了原始神话。

黎族创世神话《人类的起源》中讲道：大洪水过后，仅生存的一对夫妻生下的一个孩子被雷公劈成碎块，然后又用筛子筛，只见筛出的肉块，变成了四男四女，雷公给他们衣服穿：给第一个男子穿上了衫和裤，便成为汉族人。给第二个男子穿衣时，布不够了，只给了两块布片，前后各一块系在腰间遮盖下体，做成了"吊裆裤"，这个成为杞黎。给第三个男子只做了个三角裤，叫"包卵裤"，成为偾黎。给最后一个男子的三角裤最小，就是本地黎。四男四女婚配成亲，繁衍子孙。显然，其中对汉族和黎族服饰的神话式解释，包含了汉族传统文化对黎族神话的影响。

在广泛流传的"盘瓠"神话中，也可见到这种渗透。盘瓠是少数民族的始祖和英雄。但他所娶之妻，却是"高辛皇帝"的"公主"。高辛，是汉族古史神话中的帝王。他进入盘瓠神话，是不同神话之间交融的显例。再有，不少流传着盘瓠神话的民族，尚未进入封建文明的国家生活，但已有了"国家"的观念。

在畲族神话《高辛与龙王》中，"高辛皇帝"的耳朵里长出了一个龙王，就是盘瓠神话中的盘瓠，他变为"麒麟"，咬下了"番王"的脑袋，并和高辛皇帝的"三公主"成了亲。像"皇帝"、"公主"、"麒麟"、"番王"，尤其是"高辛"，都是古代汉文典籍中常见的专门用语，现在已成了畲族神话的有机构成。这表明各民族之间文化交流的深度，除了社会生活方面的影响，神话方面的直接影响也有不少。

（三）神话人物与情节的互渗

在西南不少民族的神话中，有关伏羲、女娲，是一个基本的主题。有的学者认为，伏羲、女娲神话源于古代南方而后播于中原；也有的学者认为它最早记录于古代汉文典籍而后传到边远民族。不论二者孰是孰非，都反映了西南各民族神话与汉族神话具有某种亲缘关系。而在各少数民族的神话中，互相影响乃至互相流传的现象更是普遍。这种情形，尤其因地缘或语言的关系，在某些同语族的民族中间或在某些大区域（如西南、西北、东北等）内部为甚。如西南大部分少数民族的洪水神话故事，情节就大体相同。而东北地区的神话，同有萨满教内容。

但从相异方面看，我国各少数民族，由于社会文化发展的不平衡，神话发展也不平衡。先进的如纳西族，形成了用自己民族文字记录的宗教神话经典《东巴经》，其中就有著名的《创世纪》。彝族、傣族、藏族、蒙古族等也都有自己的民族文字，这对神话故事的保存十分有利。还有一些民族的社会文化比较原始，没有形成自己的民族文字，其神话是近几十年在特定的社会条件下整理记录下来的，结果打上了时代的烙印。凡此，共同形成了中国神话传说的整体面貌。

第一章　神话→传说→故事

当神话通过口传返回社会生活时，其自身就面临空间上的两个结果：流布与变异。同时，面临时间上的两个结果：传承与演化。它在向原始文化的其他方面如巫术、仪式、风俗、法律……扩散影响时，又从原始的物质生活和精神生活收集反响，不断丰富自己，以适应社会变化。

"一个人不可能两次涉过同一条河流。"万物处于不停的变化之中，现在的河流不同于过去的，也不同于将来的。因此，历史受不可逆进程的支配，不可重复。神话现象也一样，不可重复，不断演变。而演变的动力，则是功能重心的移易。

在原始社会，神话的功能在于说明氏族、部落的传统，维持、增进成员的归属意识。即便说明宇宙开创、万物起源的自然神话，依然归结为氏族的起源与英雄的世系，这就是神话的现实功能。现实性造就了真实性：神话被人信仰，成为原始部落的集体表象，是不分阶层、职业的共同意识形态。

氏族的内部分化与外部兼并，促使神话走上外在扩张与内在衰亡的归宿。浑融的神话之梦动荡、飘零，神话的包罗万象与神话的消亡，并驾齐驱于历史的原野。

新的功能首先形成历史化、故事化。在汉族神话中，历史化的趋势压倒一切，而在其他民族那里，故事化则更为普遍。

民族的扩大与兼并，导致各种氏族神及其神话的融汇，出现了深刻的综合。神话日益突破时空限制并打破各自独立的状态。

纳西族支系摩梭人的《月其嘎尔》，系口头传承的作品，它显示了独立神话的主角如何通过兼并过程进入体系神话的众神之殿：龙王鲁伯斯腊管辖着"地上所有的水神"，他妄自尊大，随心所欲，接连几年不落一滴雨，大地龟裂，草木枯槁，飞禽走兽四处奔逃，人也渴死了许多，就连山神也喝不上一口水。此情此景，使鲁伯斯腊十分得意。天神松基努突西见此情况十分心焦，就召集众神前来商议，决定派羌男独次神去劝说鲁伯斯腊赶快降雨。但鲁伯斯腊不予理睬，摆摆身子就在浪涛中隐没了。天神得知羌男独次无法劝说龙王下雨，又派鸟神月其嘎尔去强制龙王下雨。经过一番武力征服，龙王终于败下阵来，接受了天神的旨意，使整个水神系统纳入了众神行列……这幅众神兼并的画面，实为氏族兼并的幻想形式。

在独立神话基础上，不少民族产生了规模较大的创世神话史诗。目前收集到的独龙族创世史诗《创世纪》，分为《人类的起源》《人与鬼的斗争》《洪水潮天》《祭神的由来》《娶媳妇》《卡雀哇（年节）》等六部分，共七百余行。它以"创世"过程为线索，把各自独立的短篇神话贯串起来，熔神话、传说、歌谣为一炉。独龙族史诗尚未出现贯串"创世"过程的一统天神，这表明它还没有全然等级化，仍处于相对的原始状态。但史诗作为超氏族的独龙族"根谱"，成了一种特殊的知识总汇，所以独龙族人把它当作"经典"和百科全书。

各民族神话系列，有以口头传承留芳于世的，也有以文字记录彪炳千古的。记录较口传稳定，把二者进行对比研究，有助于探索神话—传说—故事的发展轨迹。

在云南、贵州等省发现的彝汉文对照的明代碑刻表明，彝族文字早在明代就已臻于完备。只是由于语区不同，方言各异，异形字甚多。毕摩（彝族原始宗教的巫师）是它的主要传承者。在川、滇、黔、桂四省彝族区都用彝文，它虽同源发生，但各地区有差异。留下来的书籍经文，全是手抄本，约有二千种。分为：一、祭经；二、占卜经；三、历法；四、谱牒；五、伦理；六、历史；七、神话、传说、故事；八、雅颂（祭神用的祭歌、酒歌、婚歌等"仪式歌"）。这些手抄本多是便于毕摩举行宗教仪式时诵读的五言、七言诗句，富于社会历史资料价值。在神话、传说、故事和杂颂中，保存了大量的文化信息，民间流传、保存的一些手抄本如大小凉山流行的著名史诗《古侯阿补》（公史篇）、《勒乌特依》（母史篇）、《武哲》（子史篇）、《古侯略夫》（公史详篇）等四种是凉山彝族流传最广、内容最丰富、充满诗情画意的长篇史诗。

贵州毕节一带发现的《西南彝志》刊载有《洪水纪略》、《天地津梁断》等著名神话篇章，以及"彝族六祖"迁移的史诗，是民族史志研究的重要资料，更是神话文献的难得珍品，反映了较原始的神话原貌。彝族手写本的神话记录提示我们：文献的优点是使神话的原态固定而免遭改篡。当然，文字记录只是神话的不完整的"影子"：在记录过程中，许多重要的非语言成分遗失了；即使语言本身，也不可能完全记录下来，语境、语气和必要的"重复"都被删掉了。

这样，不少神话作品，大都经历过三次变形：口传——记录——再度回到人们的口头传承之中。有时，还会发生从先进区域的文字记载，"倒流"到落后区域的口头传承领域，然后形成新作品的"逆发展"。

纳西族史诗《人类迁徙记》，虽有文本记录，但民间仍有口头传承，且与记录本《东巴经》大不相同。它不仅流传于有文字的纳西人中，还在无文字的纳西族支系摩梭人中普遍传颂。摩梭人还处于母权社会，文化、心理发展落后于丽江纳西人主体。但无论摩梭人还是纳西人，口头传颂中的神话、史诗都不及《东巴经》业已记载的完整。这体现了符号手段的优越性。所以，否认或贬低古文献的记录，过分强调"活神话"的"原生性"、"真实性"的倾向，并不全面。

在古文献神话与后进民族活神话的"貌合"中横亘着"神离"——如盘古神话是东汉末年出现在汉文典籍（徐整《三五历记》）中的开辟神话，盘古则是原始风韵犹存的化身创世神，但在现代收集的毛南族神话《盘和古》中，"盘古"名号之下的故事内容全然变异了：

盘和古是两兄妹，他俩种葫芦，天天浇水，葫芦结得像禾仓一样大。后来，大地涨大水，盘和古就避入葫芦里，浮在水上，洪水退后，世界上只剩下他们兄妹俩。兄妹俩商量并约定，俩人各扛一块石磨到山顶上，把它们从山顶上滚下来，若是它们合在一起，就证明有姻缘。说也奇怪，石头滚下山顶，当真合在一起。于是兄妹成婚，生了一个包衣小孩。他们把孩子剁成碎块，让乌鸦、老鹰啄去撒在四方。三天后，则到处都有了人烟。

《盘和古》具有深刻的双重意味：（1）一个原始天神退化为一对英雄、人祖；宇宙之源还原为氏族之源。（2）诞生神话一变为再生神话；化身故事一变为洪水故事。

神话的演变，还投影在具体神祇的演化上。汉族神话中，神农本是远古的农业神，被推为人文始祖，具有鲜明的神格。但在近代流传的各种民间传说、故事中，神农已化为一个文化英雄，一个医药发明者，已是人而不是神。这种演变的源头，可以推溯到《淮南子》。该书《修务训》写道："神农尝百草之滋味，一日而遇七十毒。"试想，具有神力异能的神又何需尝遍百草以确定药性？神是不会蠢到一天之中竟中毒七十次的。《淮南子》以来的两千年中，这一情节又发展出"鞭药"（即制草为药）的内容。据说，在太原的神釜岗上，还可以见到神农的"尝药之鼎"①。这无异于是说，神农所尝之草，是经过煮熬的草木药材。这位文化英雄，在人间留

---

① 见晋·干宝：《搜神记》卷一。

下（实际上是"粘附"）大量风物传说。遍布中国的"神农穴"、"神农窟"、"神农泉"、"神农涧"、"神农城"以及最著名的"神农架"等地名，大都与神农其人的文化活动有关（神农还是琴的发明者，见《世本·作篇》，清代张澍粹集补注本），而与其远古神格无涉。

但在远古，神农这原始的农神却有超自然的非凡力量。相传，当他刚刚诞生，九个井眼神奇般的随之自动出现，这"九井"灵异相通，只要汲动一口井的水，其他井的水也为之波动。井的开凿，是农业史上的一大革命。而神农炎帝氏的原始神话形象，恰恰是个"人身牛首"的怪物。说中华民族始祖长着一个牛头，这并不是亵渎，而恰恰意味着古代中国的农耕居民奉牛为神的农业意识。所以，当我们知道这个人牛混合体农神，同时也曾开辟荒原，发明了"陶冶斧斤"等农工器具，并创造了"耒耜锄耨"等农业技术，就不会有丝毫惊奇的了。

远古的神农不是万能造物主，也不是穿梭于宇宙的富于中国特色的大地之神。没有记载表明他曾脱离过以农为本的古代中国大地，他的神性主要体现在接受天启的异常禀赋上。有一则神话说，当一只火红的鸟雀衔着一根长着九个穗头的禾苗抛到中原大地时，神农接受了这一神启，拾起来种植。

这种谷子食用后可以产生长生不老的奇效。① 在历史化程度较深的记载中，这段神话被说成是天上降下了一阵谷雨，神农因时、因地制宜予以耕种。② 尽管说法不同，但神农作为大地之神、中国农业文明原始象征的神格，依然可见。

神农身份及故事的这些演化，还只是神话演变的一个侧面。流传演变的另一个重要侧面是：同一个神及其神话，分化为若干不同的地方形态和"资种"。如《后汉书》及《华阳图志》中的"九隆神话"，到了南诏、大理国统治时期，成了当地的"国家起源神话"。国王据此论证自己是"九隆"的神裔，是天命所赋的"真龙天子"。在近代传承中，又演化出《白王开辟云南的神话》、《白王打天下》、《白王出身的神话》等人物传记和幻想故事。与此相映成趣的是，原本不同的神及其神话，也会交织融汇，合成新神及其神话，不少新兴之神往往沿用旧名：许多外来的神名，附在本地神的身上。不少南方民族再生神话中的主角，人类新始祖伏羲、女娲，与中原上古神话中两个互不相干的神（伏羲、女娲）竟然同名，但神性、神格却截然不同。关于这些变异的细节，

---

① 见晋·王嘉：《拾遗记》。
② 见清·马啸：《绎史》卷四所引《周书》。

至今仍是热烈争论的题目，下结论虽为时尚早，但"流"与"变"的内质则显而易见。

有时，复杂的流变还具有惊人的时空跨度，以适应新区域民族的自然、社会、文化、心理诸背景的色调。如佤族神话《人类的祖先》解释人类的起源时说，原来世界上只有一个神，当他觉得孤独无聊时，就用泥捏成两个人，用嘴一吹，泥人就活了。泥人长大后，一天，到果园去玩，他们听了"大蛇"的话，偷摘果子吃。女孩吃了两个，果子停在胸脯上，就成了女人乳房；男孩吃了一个，果子卡在嗓子上，就成了男人的喉结。后来两个泥人结了婚，生育了儿女。在洪水前夕，上帝派天神"努阿"来到人间，造了一只船，把人和飞禽走兽都装在船上，度过了洪灾，人和动物才重新出来。

这则神话，几乎是希伯莱人的《旧约·创世记》中亚当、夏娃神话的翻版；而度过洪灾的人类新始祖"努阿"与《旧约·创世记》中同一身份的"挪亚"，甚至同名。所不同的，是抽去了希伯莱神话中的"罪恶与惩罚"的核心观念——"大蛇"的魔鬼性质也因此失去。这是被佤族更原始的心态改造的结果。

在神话的催化下，形成了源远流长的民间故事传统。信奉萨满教义的达斡尔族流传着《德莫日根的故事》，讲述了两个女巫师的殊死斗争，背景就是萨满教的神话。德莫日根是个威武英俊的美男子，百发百中的神射手。有一次他追击狐狸，跑到日已偏西，便在近处借宿休息。主人的女儿梅花哈托爱上了他，她要求猎人送给她三件礼物：修炼成精的大白兔、筑造了二十年的野雉巢、二十年的牡鹿犄角。德莫日根觉得她太贪婪，就头也不回地走了。他按梅花哈托指示的路线前行，先后获得了三件宝物，还追上了狐狸，并把一洞大小狐狸三十四只全部杀死。他驮着皮毛回家，却没有停下，梅花哈托见他如此无情，便使出巫术咒他在七星岗子丧命，并派出精灵（两条箭蛇）去执行。德莫日根和他的马果然都被蛇咬死。德莫日根的未婚妻齐尼花哈托得知这一消息，立刻坐上神鼓到了德莫日根家门前，就直挺挺地躺了下去：她把真身留在人间，灵魂却去阴间寻找爱人。她终于找到了德莫日根的灵魂，给他加了寿数。然后，齐尼花哈托要和梅花哈托比个高低。她的灵魂离开躯体，带着一群精灵，直奔梅花哈托家去。梅花哈托也挂上了蓝衫告诉母亲："如果落下灰尘的话，就认定我死了吧，如果我的一只铜铃叮叮响，你就喊我三声吧！"齐尼花和梅花两边的神灵集聚在虚无的世界里，让各自的精灵去交战，有梅花鹿、水鹿、独角山羊、金钱豹、飞蛇、白蛇、野雉、金凤凰等等。两位女巫的灵魂也挥剑恶斗，不相上下。这时两家家里挂的法衣都响了，梅花哈托的妈妈没有听见，齐尼花的妈妈一听见就喊女儿的名字，齐尼花听到人间传来的声音力量倍增，打败了梅花哈托。齐尼花消灭了情敌，和德莫日根结为夫妻，过着幸福的生活……

白族的本主神话，实为富有地方特色、民族特色的故事，其中不乏神话的遗存。有些本主（本寨之主）的化身是"龙"。《四海龙王》中说，大理县柴村的本主四海龙王善待百姓，一次，两个农民和两个渔民来请求四海龙王交换气候，但农民和渔民的要求有矛盾，统一不起来，于是龙王就决定："风早吹南，晚吹北，夜间要雨，白天打麦。"这样两种要求兼顾，皆大欢喜。直到现在，大理的风多是早吹南，晚吹北。本主，显然已失去神性的威严而成为人类意志的表达。神话的客体性已被幻想故事的主体性取代了。

各民族民间创作中的"山川风物传说"含有不少神话遗绪。氏族生活的解体，使神话这个氏族传统的宣讲者从社会功能上失去依托，只得粘附在当地具体的山川风物上继续流传。在布朗族聚居的金湖地区流传的《金山》和《金湖》等传说即属此型：有个荷花盛开的弄罕（金湖），据说是古代村落陷落的地方，一天，寨里的男人们猎获了一只花马鹿，村民们按老规矩分食了它的肉。龙要为马鹿报仇，就在夜间化为一个老人来探问，发现只有一个寡妇和她的女儿没有吃。夜深时，一个小伙子来同这寡妇的姑娘对唱情歌，只听一声巨响，大地向下陷落。小伙子和姑娘一面呼喊，一面奔跑。陷落的大地，奇迹般地为他们留下一条路，他们前进一步，大地在他们身后陷落一步。他们跑出村落后，寨子也陷落了下去，只留下寡妇家的那一小块地方，成为突出湖边的一块土阜。

这个传说是解释金湖风物，含有"救灾"和"再生"的神话遗留。幸存下来的小伙子和姑娘的原型，在各种洪水神话里都可见到。但人类的普遍灾难，已被金湖风物所局限，只用来解释一村一寨的陷落了。

汉族神话的一个有力传统是神话的历史化。早在两千多年前，上古神话的历史化运动就在世界其他民族的共有形式（对神话作出历史化的解释）以外，发展了中国的特有形式，把神话本身"化"成历史传说，使天神下降为人祖，进而把传说史实化，用幻想的历史来替代事实的历史，从而在古代文献中形成特别丰富的"古史传说"序列。这一传统，自殷周文化更迭时代以来，逐步变得根深蒂固。

上古神话趋向两极分化，一是以"古史传说"为主干的历史化形态，一是在《山海经》等逸闻野录中占主流的原始形态。夏以前的"古史人物"（如炎帝、黄帝、尧、舜、鲧、禹及其"同时代人"），大都具有可以考察的神祇身份，有关他们的"传说"，不是依据史实，而是依据神话。比如，帝舜屡遭瞽叟、后母、象（弟）迫害及娶尧之二女（娥皇、女英）等情节，与神话、故事中的"难题求婚"的主题几乎雷同。上古神话演化中的这种特征，不仅构成中国古史上的许多未解之谜，且在近代仍有突出表现。比如在我国民间大量流传的近代历史人物传说的丰富程度和幻想深度，是现代其他国家无可匹敌的。以河南省为中心而散布于民间的"中原神话"，即是区域化的地方风物传说。文化高度发达的中原地区，神话遗存中的"信仰内核"早已丧失，所以它与布朗族解释地方风物的民间故事《金山》、《金湖》在这一点上是一致的，故其神话叙事的遗存渐附于固定的地方风物，作地区范围内（而非氏族、部落、民族范围内）的流传。中原神话与布朗神话的区别在于：前者的故事与"历史"的形式结下了不解之缘，而后者只见故事之实，不见历史名目。

中原地区风物传说的流传中心豫西地区崇山峻岭、地貌多变，缘此背景的种种传说此起彼伏。以《愚公移山》而言，前人囿于古代文献，仅仅把它看作是一篇"寓言"，因为被《列子·汤问》篇收录时，内容颇有以人的意志——"至诚感天"的含义。但涉足实地考察，则其风物传说的本貌赫然显现："愚公移山"的地方，是一条从王屋山主峰伸延下来的南北走向大山梁。山梁东面是小河，西面不远就是愚公村。在这个大山梁中间，断开了一个很大的山口，山口南端陡崖险峻，北沿坡度平缓，远远看去，这个山口真似人工开挖过一样。山口两侧的土石，还有貌似明显翻开的痕迹。[1]

综合实地考察和文献资料，应该说"愚公移山"这则地方风物传说在远古时可能具有"信仰的内核"，但这内核（强调"帝"的决定性力量）在人类意志抬头的趋向中（强调愚公的干劲），已破碎和淡化。这表明神话与传说的交融。后来，当此风物传说被文人记录后，更强调了后一层寓意。但前一层寓意仍然潜在："愚公移山"是以"帝命"（"帝感其诚，命夸娥氏二子负二山，一厝朔东，一厝雍南"）[2]作了喜剧性的幸福收场。在历史化程度更深的现代说法中，愚公"移山"的目的，已不再是神话式的"消除交通障碍"，而是出于更为合乎生活实际的"寻求水源"的需要，神能支

---

① 见《民间文学研究动态》一九八五年六～七期合刊第七页。

② 见《列子·汤问》篇。

配下的移山也被人的力量取代了："在征服自然的过程中，'愚公'精神感动了上帝，从而派山神搬走的情节，发展为主要靠人力来完成挖山的任务了。"① 神能的弱化与神格的消失，是神话的历史化过程完成的标志。

高级宗教（如道教）的观念与素材的渗入，也是现代中原神话的一个基本特征。

在古代中国神话中，黄帝是"皇天上帝"，是中国西部民族的至上神。到了先秦古史传说中，他化为超人式的"人文之祖"。又过了两千年，经历了仙话化及道教的累层渗透，黄帝至高无上的（先是天神、后是人祖）地位反倒下降了！在新郑县搜集到的《风石岭》传说中，黄帝已成了一个类似大禹的历史人物；他只知道辛辛苦苦地跋山涉水、勤勤恳恳地终日劳作，是为百姓寻求治国安邦之道的贤者。上古神话中大败蚩尤于冀州之野的奇神，其英姿早已荡然无存。在这一历史化的世俗形象中仅存下一点神话遗慭：黄帝还在孜孜以求"神图"和"宝书"，且主要仰仗的是"西王母"！而在古代的《山海经》里，当黄帝已是天之一帝时，西王母还仅仅是个"豹尾虎齿而善啸"的怪物，是个"蓬发戴胜"的

---

① 见《民间文学研究动态》一九八五年六～七期合刊。

原始刑神（司天之历及五残），她在神界的地位低于黄帝，正如刑部尚书的地位低于皇上。黄帝与西王母位置的大颠倒不是孤立现象。其中，高级宗教的影响固然起了作用，但为什么宗教的发展却决定了天帝必须变成刑神的下属？显然，仅从宗教本身解释不了。黄帝与西王母关系的大演变，关键还在于神祇历史化时间的早与晚——越早历史化的神，地位就越低；而越晚进入历史系列的神，则以更大的冲击力后来居上：面对已然的系列，若不替补到更前和更高的位置上，就没有意义了。

和上古神话相比，民间的现代地方风物传说在叙事能力上有了很大发展。因为，自上古神话流传、记录以来，许多重要的文化现象发生了。魏晋南北朝的志怪笔记、唐代传奇、宋代话本、明清小说等文学叙事和各种史籍里的历史叙事，以及大量通俗文学和民间文学的口传叙事……这一切不可能不渗入现代传说中。

有篇颇为典型的中原民间神话故事《盘古开天》①，显示出与上古神话截然有别的新形态、新风貌。它长约三千字，叙说从"盘古开天辟地"到"盘古山上又修了盘古庙"的整

———————

① 见《民间文学》一九八六年第一期。

套盘古神话，不仅篇幅之巨冠盖各种上古神话故事记录，且情节复杂多变，充满上古神话所无的细节描写。这些描写与现代各种类型的民间故事、传说中的叙事风格十分接近，如果不是明确命题，这"盘古神话"就很容易与普通的民间幻想故事相混淆。它与上古神话的零乱记录相比，堪称全新的"故事系列"，包括下述情节层次：

（1）盘古开天辟地，造出许多大山。他累了，躺下休息，玉帝三女儿认他作哥哥，"兄妹俩"忘掉天上的一切，开始了人间的生活。

（2）盘古兄妹在人间常受妖怪、野兽的侵袭；他们花了四十九天做了一个石狮子，放在山顶镇压邪恶。

（3）有一天石狮子忽然说话，要求盘古每天在它嘴里放一个馒头，盘古照办了。又过了四十九天，第五十天，石狮子"眼睛发红"，盘古和妹妹接到信息，钻入石狮腹中。很快天昏地暗，洪水潮天，只有石狮随水漂浮。兄妹俩在石狮腹中度过长达十九天"洪水时代"。

（4）兄妹吃掉四十九个馒头，洪水消退，重见天日。石狮告诉他们洪水原因。

（5）在石狮的启示下，他们用开天之斧来补天。

（6）他们战胜并捆缚住九条恶龙，完全平息了水患。

（7）石狮撮合这不同血缘的兄妹，经过乌龟复合和滚石磨等占卜仪式，结成婚姻。

（8）盘古兄妹婚后生了"东"、"南"、"西"、"北"、"东南"、"西南"、"东北"、"西北"等八个儿子，长大后他们到八方去生活，盘古夫妇居中，共称"九州"。

（9）八子不到百岁相继死去，盘古外出找回了他们的"灵魂"，埋到盘古山以南三十里的"八子山"。

（10）为弥补丧子的损失，盘古夫妇捏了成千上万的泥人，并赋予他们生命。泥人分别拥有各种姓氏，从事各种行业，布满天下。

（11）盘古山上修起了盘古庙，"盘古爷"、"盘古奶"的故事从此四处流传。

以上每一情节层次，约相当于上古神话的一个独立故事，而如此首尾一贯的叙事，在上古神话中则未出现。其第（9）、（11）两个情节片断，点破"盘古开天"的故事重点落在"八子山"和"盘古山上的盘古庙"上，而真正涉及"开天"等创世内容的，则微乎其微。

现代地方风物传说的这一性质，还形成一个特点，即风物传说与人物传说的融合。河南省灵宝县流传着有关古神夸父的不少传说故事。其最大原因，在于灵宝县平阳乡东南二十余里外有座"夸父山"。这座山,"像一个安睡的巨人,仰卧在灵湖峪之间"①。当地居民甚至能一一指出,哪座山峰是夸父的头,哪几座山合成他的胴体,哪几座山又构成他的四肢……夸父山的传说,与古神话有渊源关系,但此山此景在灵宝县境的存在,对当地民间流传的夸父神话,却无疑是一个触景生情的叙事前提。一出了此地,就无此种传说了。

① 见《中原神话调查报告之二》,《民间文学研究动态》一九八五年六~七期合刊第三页。

第二章　神话的四种梦境

精卫填海、夸父逐日、刑天舞干戚、共工怒触不周之山等奇幻壮观的神话，无不凭借一个个超自然的舞台而上演。神话的戏剧性场景，不同于人们经验的自然，它的空间独特，它的时间扭曲，具有点石成金、再创自然的伟力。其景观，是人们在实存的世界上永远也感知不到的。上至天穹，下及黄泉，魔力堪称惊心动魄，令人叹为观止。它凝炼着古音，回响着逝去的风情，数千年来牵动着中华民族的心，并于苦难的生活中给人以一种超然的、向上的力。

一、天　梯

在原始观念中，宇宙本不分层面，然后经历天地分开的分层运动。先秦神话中开辟浑沌的创世行为，多已模糊不清①，但存留的片断表明，中国古代也有过天地分层的观念，《山海经·大荒西经》中的"天枢"是上层宇宙之门户。据洪兴祖《楚辞补注》说，天门是"上帝所居"的"紫微宫"的大门。王逸《楚辞章句·招魂》解释"虎豹九关"句时则明言"天门凡有九重，使神虎豹执其关闭"。这些解释去古未远。《大荒西经》"大荒之中有山名日月山，天枢也。吴姖天门，日月所入"的记载更为古朴。天门神话的自然性多于社会性，它还没有成为上帝超自然的威严象征，只不过是太阳、月亮自然运行中的关卡而已。可见，超自然世界的形成绝非一朝一夕。在《大荒西经》里，天廷的枢纽"日月山"上还有个"人面无臂"的怪神名叫"嘘"，他的两只脚反转盘桓在头上。这很可能就是原始神浑沌的形象。"两足反属于头上"，则是天地相交状态浑融的神话造型。《大荒西经》又记载，当北方天帝颛顼神的孙子重神和黎神降生之后，伟大的时刻来临了——上帝命重神向上举天，让黎神向下抑地，活活撕裂宇宙一统，强使天地分开。

上古神话普遍发生过的历史化过程，在这则神话中也同

---

① 如《庄子·应帝王》篇所载"中央之帝"浑沌被南海之帝"儵"和北海之帝"忽"开凿而死的神话即一"创世神话"的轮廓。但语焉不详，且缺乏上下文的故事结构。

样存在。《书经·吕刑》篇这样化神话为古史传说：皇帝哀怜人民的不幸，为了恢复正常的秩序，派下重、黎"绝地天通"，即令天地分开、断绝了天地之间的联系。这种经过历史化的观念，与神话的原始观念正好相反。神话认为天地本来一体，而后分开。但历史观念却认为，天地的常态，本来分开，"民神杂糅"、天地相合只是一时的变态，是由于社会统治力量衰落引发的。[①] 但与《大荒西经》相印证，就发现这两段"史事"的内核实为天地分层的原始观念。

宇宙既分层次，在层次间则有间隔，有间隔则种种交通途径应运而生。沟通上层与中层宇宙的功能，就落到了天梯之上。上古神话里的"建木"、西南地区神话中的"马桑树"，都有神梯的功能，神人可以缘此交往。围绕它们许多神话氤氲而生。由于各种事变，通常由于人的堕落和为维护神的秩序，天梯在神命或灾异下终被拆除。从此，人再不能随意会见到神。天地之间断绝不通，人的幸福被神夺走。《圣经》神话中，亚当、夏娃被赶出伊甸园的故事，就是在天地断绝往来后人类受苦受难的影子。原始文化的发展，使神人之间的距离越来越大，上帝越高，人越卑微。

---

① 参见《国语·楚语下》。

在中国神话中，昆仑山是著名的天梯。据《淮南子》说，登上昆仑山上层的"凉风之山"，就能长生不死。再上去一倍之遥，就是著名的神话世界"悬圃"，那里具有使人变得灵异的功能。过了"悬圃"再上一倍之路就抵达能使人成神的天庭。除却昆仑天梯之外，灵山、肇山、登葆山等，都是"众巫所自上下"的宇宙交通要道。天梯并非任何人都能攀援，而是巫师们的特权，是有法力者的专利。至于巨树则比高山具有更大的神秘性，如"建木"，高达七八千丈，没有枝条，只有曲折的乔干。它不再是人的佼佼者——"群巫"上下之通道，而升格为"众帝所自上下"的神专用天梯。"建木"在名叫"都广"的天地中心，它是黄帝建造的，太皞神曾从此经过。《山海经·海内南经》说建木的形状像一头牛，这真令人难以想象。也许，这只是取牛能负重之意，象征建木能负载众帝往来其上。关于它的神话，上古时代或有不少流传，可惜古代的记录现今已不完整，初民的观念已不可复现了。

并不是一切通天大树都有完备的天梯功能，"扶桑"就是如此。它位于"汤谷"即日出之地，故这里的水是沸腾的，所以才叫"汤谷"。神树扶桑高达数千丈，"上至于天"，粗达两千数围，因为此树是两棵一起同根偶生，相互依扶，故名"扶桑"。它的根部盘蜿下屈，直通地中的

"三泉"①。这还是业已缩小了的形象，扶桑作为太阳藉以上升的阶梯，主干竟达三百里之高！它也许可算大矣，但并不具有沟连天人、可上可下的功能，它的功能局限于太阳。

二、帝之下都

"帝之下都"，是指上帝在地上的统治中心（下界的都城）。中国神话中的这个中心是"昆仑之墟"、"昆仑之丘"，即昆仑山。神话中的昆仑山，在中原的西北部，方圆八百里，高达八千丈，周围被深渊包围着，南面的一条渊壑竟达二百四十丈之深。山上长着一种木本庄稼（"木禾"），长达四丈，粗需五人合围，它食之不尽，得来全不费功夫。那里有九眼神奇的井，用玲珑剔透的玉石做井栏。昆仑有九座雄伟的大门，由"开明兽"守卫着。这开明兽也实在神奇：它特大的身躯像虎一样雄壮，九个头颅却都很像人。它立在昆仑山上遥望东方，似乎在监护着什么……开明兽的西边，有神异的"凤凰"、"鸾鸟"：它们头上带着蛇，脚下踩着蛇，

———————

① 鲁迅《古小说钩沉》辑《玄中记》，以及托名东方朔的《十洲记》均存有关记载。

胸部还盘踞着赤蛇，真是蛇群出没之地！北边有"珠树"、"文玉树"、"玗琪树"、"不死树"等神异植物。东边有一大群攀援天梯沟通神人之路的大巫：巫彭、巫抵、巫阳、巫履、巫丸、巫相等等。它们环绕着窫窳求复活。[1]南边，有着六个头的"树鸟"，以及神格化的蛟龙、大蛇、豹类，还有连晋代人郭璞和今人袁珂等《山海经》研究家都未知其详的植物（如乌秩树）、动物（如诵鸟）等等……在这恍惚迷离的神话世界中，我们看到的是一片不真切的壮观景色，似乎知道了一些，但不得而知的似乎更多。以开明兽为轴心，西以鸟类为主，东以群巫为主，北以树木为主，南以爬行类为主。这种神话的宇宙模式十分特殊，它与古代宗教中"东青龙、西白虎、南朱雀、北玄武"的所谓"四灵"图式是多么不同！也不同于"东木"、"南火"、"中土"、"西金"、"北水"的五行模式。

昆仑山，是中国的神居。那里住着"百神"。中国的昆仑诸神，不像希腊的奥林匹斯诸神住着豪华的宫殿，而是过

---

[1] 窫窳是个"蛇身人面"的人物。他被二负神及其臣属危神所杀。后经六个巫师救活。六巫与窫窳的神话透露了两个信息：（一）古中国巫、医一体，巫师不仅是沟通天地、人神的圣者，且有起死回生、驱逐病魔的能力。（二）中国式的复活，不是灵魂转世式的复活，亦非埃及式的等待特定时日的肉体复活，而是通过人的努力而获致的复活。这与巴比伦史诗《吉尔伽美什》中的英雄寻找不死之药的精神是一致的。

着"穴居"生活。他们的"八隅之岩"（即岩洞）是充满着原始气息的，但又布满超自然的神能。那里能通天，是只有"仁圣"和智者才能登上的中层宇宙之巅，那是可以医治死亡、涤净凡俗的超自然境界。①

　　它由一个名叫"陆吾"的动物神掌管。这陆吾神体态怪异，像虎并长着九条虎尾，人的头面和虎的利爪并生一体。陆吾神不仅掌管这"帝之下都"，还兼司"天之九部"。古代中国统称上层宇宙为"九天"，天之九部，即整个上层宇宙。天帝的苑圃、田圃中的时令与节气，也归他管，堪称是天帝的大管家。在陆吾的周围，环绕着这样一些神异的精灵：一种名叫"土缕"的神兽，它像羊而长着四只角，它不吃草而吃人；一种名叫"钦原"的神鸟，它像蜂一样螫人，但大如鸳鸯，被它一螫，任何鸟兽都会死去，任何乔木都必枯萎；一种名叫"沙棠"的果子，类似李子而无核，人吃了它，可以飘洋过海，踏水不溺……天帝的仓库，是由赤色的凤凰守护着②……陆吾的戒备极其森严，显然，其目的是要防御任何未经特许的闯入者。天国的净土，岂容得凡夫俗子！

---

① 见《山海经》的《西次三经》、《海内西经》。
② 见《山海经·西次三经》。

　　昆仑山上还有个"昆陵之地"，意思是"昆仑山上的山丘"，它的高度竟出乎日月之上。魏武帝曹操在其气吞山河的诗中写道："日月之行，若出其中，星汉灿烂，若出其里"——但与昆陵之地的巍伟相比，却不免"中气不足"了。在古人的想象中，昆仑山已顶破了布满日月星辰的天穹。它分为九层，山外有山，层层相叠。这与古代传说的"九天"（天外有天）的观念十分吻合。这座超级的"摩天大楼"每一层次之间相隔万里，从山下仰望，五色云雾缭绕，俨然组构，映出巍峨神圣的"城阙之象"。[①]

　　昆仑神居，不仅有陆吾的"禁军"——还有一道针对觊觎者的地理"防线"：这空前超拔的神山（它并非现代地理学上的中国西部山脉），位于"西海之南、流沙之滨、赤水之后、黑水之前"的神秘之地。这块精神的圣土是任何地理探险家也寻觅不到的，堪称中华民族理想的终极象征。它具有超物理的阻隔性能：整个圣所，由一条流淌着弱水[②]的深渊环绕，任何物体都不能渡过它而不沉没下去。弱水之外还有绵延不断的火焰山，它能烧毁一切试图飞越它的生命和物

---

① 见晋·王嘉《拾遗记》卷十。

② 鲁迅《古小说钩沉》辑《玄中记》中的记载是这样解释弱水的："天下弱者，有昆仑之弱水焉，鸿毛不能起也。"意即任何重量的物体，哪怕是极轻的鸿毛也不能在弱水中免于沉没。它是一切物质的陷阱，它的超物理性于此一目了然。

体，就连一根羽毛也不能幸免。昆仑山就这样真正与世俗隔绝了，它仿佛是上层宇宙（天庭）插到中层宇宙（人间）的巨型楔子。这不禁使人想到：那开明兽东边的六位大巫，究竟是神还是人？若是人，他们是怎样进入昆仑"禁区"的呢？或许，是凭借那通灵的巫术？

三、归　墟

与西部直通天庭的巍巍昆仑山相对应，《山海经·大荒东经》记载"渤海之东"的茫茫大海上有个无底之谷。它的极富象征性的名字叫"归墟"。根据神话的说法，各条河流甚至连天上银河中的水，最后都汇集到这无底洞里。但这归墟里的神奇之水，并不因此而有一丝一毫的增减。归墟与昆仑分别位于中原地带的东方与西方，它们的象征含义，我们迄今尚未完全弄清楚。《山海经》提到归墟是"少昊之国"，而少昊的神格尽管复杂多变，主要则是东方夷人鸟图腾部落的百鸟之王。他有"金神"的成分，但以"海神"为主。晋代人所叙说的有关少昊诞生的事迹很能说明问题[1]。相传，

---

[1]　参见晋·王嘉：《拾遗记》卷一。

少昊神的母亲娥皇，在穷桑的苍茫海面上，遇到了"白帝之子"（白帝正是金神）。他们"泛于海上"，"游漾忘归"，过着超乎人世的生活，后来生下了少昊。金神位于西部，而海神则位于东方，于此，少昊神格的两重性已有所透露。在神话地名上，这些二重性同样有所表现：昆仑之墟和归墟的"墟"字，义正相反。《说文解字》释墟为"大丘也"，这是墟的原始义，与昆仑之墟正相契合。但墟还有"大壑"（即大山谷）的含义（见《康熙字典》）。这些二重性，乃至多重性，正是中国上古神话字里行间的普遍特性。

成书于晋代、托名于列子的《列子·汤问篇》，对归墟作了更详尽、也更富仙话色彩的报道。根据这篇报道，归墟距离中国更遥远，缥缈于渤海之东，"不知几亿万里"的地平线了。此外，海与山的合流，成为归墟神话的新特质。在遥远东极的无底之海，平空耸起了五座"神山"："岱舆"、"员峤"、"方丈"、"瀛洲"、"蓬莱"。这些山，上下周旋三万里，山间相距各七万里，每山平顶达九千里。试看，这是人间景色吗？这真是昆仑山在东海之外的翻版——"其上台观皆金玉，其上禽兽皆纯缟。珠玕之树皆丛生，华实皆有滋味，食之皆不老，不死。"这是一个较之西方式的"天堂"更为自由的"洞天福地"！这里所有的居民皆是"圣仙"之种，他们每天在山与山之间作各样跨海凌空的飞行和不拘形迹的交际。

　　关于他们的生活，还有一段充满戏剧性的故事：说在远古之先，这五座仙山相互独立，各个没有根底——它们漂浮在汪洋之上，"常随波潮上下往返"。这种状态倒与地球在太空中的处境出奇地契合。有一天，仙山的居民对大环境的游移不定切感厌烦，他们向宇宙的至上神集体"投诉"。"帝"唯恐宇宙东部的神山流移到"西极"，打破宇宙已有的平衡，使神山居民失其所居，就派"人面鸟身"的北海之神禺强（禺强的鸟身表明他的东方渊源，这与少昊神的东方要素是一致的）驱使十五头巨鳌分为五组，分别用头顶住山基，稳住了五座神山。它们受命六万年轮换一次。此情此景，与"鳌鱼负地"和"鳌鱼眨眼"的神话相参证，可暗示"神山"即大地的原始观念。负山，实为负地。这样看来，在归墟神话的仙话化了的身影后面，可能隐藏着较昆仑神话更古老的创世神话的遗绪。但好事总是多磨，正当这五座神山被稳住，远古居民安居之际，生长在"龙伯之国"的巨人神族①蠢蠢而动，

---

①　据晋·张华：《博物志·异人》转引古籍《河图玉版》的记录，"龙伯国人长三十丈，生万八千岁而死"。很可能这是类似希腊神话里巨人族的远古神怪之族。

入侵归墟，他们举足几步就跨到了神山边，放下钓钩，一下子钓走了六只神鳌，致使"岱舆"、"员峤"失去了羁绊，各自漂流到北极，沉入了汪洋大海。数以亿万计的远古居民被迫搬迁流亡到其他地方。上帝十分震怒，他把龙伯国驱放到凶险危困的地方，并大大缩短了巨神们庞大的躯体。但据说到了伏羲、神农时代，巨神的躯干还有数丈之高，^①这与张华所引《河图玉版》里巨人的高度不约而同。

这个充满戏剧性、故事性的神话，与其说是摇曳着古史的影子，不如说是更像许多科幻小说描写的"星际战争"。岱舆、员峤的"沉没"，很像星际战争中"星球的毁灭"；而那些善于飞行、极为长寿的远古居民与现代人关于异星高级智能动物的想象，也十分近似。在希腊，公元前就开始流传一个"大西洲"的传说：大西洲的居民创造了远古的史前高度发达的文明，但由于他们过于自信，而道德上又丧失了自我约束，终于被上帝毁灭；大西洲也随之悲剧式地沉沦下去。把岱舆、员峤两座神山沉沦的神话与大西洲作一比较，即能发现它们有四点相近似：（一）地球的圆形决定了在中国"极东"的归墟很可能与希腊"极西"的大西洲在地理上同点；（二）两

① 见《列子·汤问》篇。

46

地都是海洋包围着的岛屿；（三）两座神山与大西洲最后都由于上帝或反上帝意志的力量沉没在汪洋之中；（四）两地都有过高度发达的文明，而后消失。但它们也有两点相异：一是上帝的作用截然不同，在希腊是文明毁灭的因素，在中国则相反。二是大西洲的传说富于二元对立性，如人文主义与宗教精神的冲突；而归墟神话则更多流露了在多元间求和谐的倾向。这体现为多个原始形象（如十五头巨鳌、人面鸟身的禺强、龙伯巨人神族等等）的存在，以及最终对宇宙至上神所含有的救世功能的信赖。综合而言，在归墟神话和大西洲传说表层相近似的影子中，透露了并不相似的民族精神。

四、黄泉路

在不少民族的神话中，充满对死后另种生活的希望与想象。关于大地之下的"冥府"和彼世生活的神界描写，构成神话的大宗。古埃及神话的冥界主宰神奥西里斯死而复活的故事深入人心，"奥西里斯的阴间审判"是世界上记录最早的死后惩罚的观念。《伊莎塔尔下降冥府》是巴比伦神话的一大经典。种子和植物神坦姆兹落到了下层宇宙（冥府）中受难（象征播种），他的情人爱神兼大地肥沃之神伊莎塔尔为救他而自愿闯入冥府（象征肃秋），下层宇宙极其阴暗、肮脏、恐怖、绝望，后因大地荒芜、诸神营救，两位生殖之神得以战胜死亡、返回上层宇宙（象征再生）。从此，春回大地，万物复苏。

冥府的普遍含义是"死亡"，只有英雄神的力量才能克服它的淫威，这个无情无光的下层宇宙，与充满永恒生命、生殖和爱情的上层宇宙相对应。而人间这个中层宇宙，则是宇宙上下层间的中介——在原始神话里是个空洞的缓冲地带，到高级宗教中则成为时间上的过渡。人间的本质不论在神话中或宗教里都充满"中和"的意味。

中国上古神话有关下层宇宙的描写略而不详。《楚辞·招魂》篇记录了这样一段警戒、呼唤游离人体的灵魂（如病人）不要误入下层宇宙的咒语：

魂兮归来！

君无下（降）此幽都（冥府）些！

土伯九约（弯曲成九道），

其角觺觺（音"疑"，意为锐利）些！

敦脄（音"梅"，脊内侧的肉）血拇（手指），

逐人駓駓（音"丕"，疾走的样子）些！

参（同"叁"）目虎首，

其身若牛些！

此皆甘人归来（以吃人为甘美）！

恐自遗灾（自找灾难）些！

王逸《楚辞章句》解释说，"幽都"是地下世界的首府（地下后土所治），"地幽冥，故称幽都"。而"土伯"，则是冥府的大将（"后土之侯伯"）。他长着凶恶的虎头与利角，守卫冥府之门。但冥府内的情形怎样？《招魂》没有描写。下层宇宙的景观如何，上古其他典籍也很少记载。与别族神话的冥府不同，上古中国的幽都，并不是《招魂》作者设想的灵魂去处，因此，它告诫灵魂：东、南、西、北、天上、地下等各个去处都不值得向往，唯有故土才是舒适的归宿。上古神话这深刻的恋故土，一直遗留到近代游子的心灵中，形成根深蒂固的情结和传统的观念。上古的幽都，与我国死亡观念受佛教影响后形成的冥世景观，大不一致。后者认为，任何人死后都要等待同一个"阎罗"来审判，这与埃及的奥西里斯审判倒颇为相似。

《左传》记载说，郑庄公的生母武姜因支持幼子段夺取郑国政权而遭到庄公的流放，庄公发誓说："不及黄泉，无相见也！"① 这是说，除非到了黄泉，否则决不相见。说明古人心中确有"黄泉"观念的存在，还肯定人到黄泉之后，仍有知觉、感情，可以"相见"，亦即可以过另一种生活。但这是一种什么样的生活？黄泉世界的具体风貌如何？古籍资料均未言及。在马王堆汉墓出土的帛画下层，我们看到一个动物神在用力地托住大地。有人认为这就是土伯的形象。在上古神话中，这是相当珍贵的资料。②

　　无疑，中国古代也曾广泛流行对冥府（阴间）的信仰，因此，古人极为重视墓地的观测、选择（"风水"）、营建和葬式。"观测墓地风水"的知识甚至发展成为一种专门的学问。早在史前期的西安半坡遗址中，已有这种文化现象的萌芽。③关键在于，为什么这种极发达的死后生活的观念，在神话中却得不到相应的充分记录？

　　上古神话缺乏冥界描述的原因是多方面的。它有可能涉

---

① 见《左传·隐公元年》。

② 在日本古籍《古事记》中，有关于"黄泉国"的专门描写。据说，男神伊邪那岐命追踪妹妹兼妻子的女神伊邪那美命到了黄泉国（冥府）里，但看到亡妻的变形后感到恐怖，转身逃走，女神非常愤怒，双方角逐一番，断绝了夫妻关系。从此，黄泉国与阳世分庭抗礼，永远对峙。

③ 参见朱天顺《中国古代宗教·初探》第六章第一节《鬼魂崇拜》、第二节《古代丧礼和葬礼》，上海人民出版社出版，第一八一～二〇六页。

及到民族心理的某些特点，如，一、乐观主义。中国民族的心往往充满实际的乐天精神，其注意力容易集中在生活中极为实在的事物上，容易发现生活中的积极可取之处。即使对现实生活有所不满与批判，也不会流于悲观和绝望，或转向对另种生活的渴望。因此，他更多注重现世生活的延续（"长生"）。二、现世主义。中国古代文化以"中庸"为本。表现在神话上，形成重视中层宇宙（人间世界）、以人为本的特点。而上下层宇宙并未受到本体式的崇拜或恐惧。因而，有关的神话也为数不多。三、缺乏宗教上的罪恶感和惩罚观念。故而，虽有冥界观念，却无地狱神话。西汉以后，随着佛教的传播，有关教义才蔓延开来。中国上古神话的这些特点，不利于高级宗教的萌生与发展。

与上古神话不同，近代搜集到的少数民族神话则不乏下层宇宙的描写，其中有些珍品甚至没有受过高级宗教观念的渗透，相当质朴地变奏着"死亡与复活"这一永恒的主题，体现了神话思维对生命力量的崇拜和对人类情感的眷恋。

珞巴族神话《宁崩鬼》生动刻画了一个人间英雄阿巴达尼（太阳的女婿）闯入地下世界的无畏形象，通过死而复生的故事，表现了斗争意志与恋旧情绪的奇妙混合。阿巴达尼与兄弟阿巴达洛斗争，并击败了他。达尼用咒语裂开大地，使达洛跌了进去，又随手往地缝里扔了一个核桃。过了整整三年，核桃树苗长出了地面。达尼想去看看达洛究竟怎样了，便带上弓箭，顺着核桃树根一直下到地底。核桃树根的下面通往宁崩鬼住的地方。达尼来到了宁崩鬼的住地，看见一个宁崩鬼看守着一个枯瘦干瘪的人。这人一见到达尼就叫了起来："乃尼（达尼的昵称）！雅洛、雅洛（达洛的昵称）！"达尼在这人身边坐下来，让他在自己头上抓虱子。这人一边给达尼抓虱子，一边"巴达、巴达"地流着眼泪，眼泪滴到了达尼的头上。达尼明白了，这就是达洛。达尼要救出达洛，让他脱离宁崩鬼的地方。

达尼拉弓搭箭对准看守达洛的宁崩鬼射去，宁崩鬼死了。但这时所有的宁崩鬼都从外面回来了，他们一拥而上，撕扯着达洛的皮肉往嘴里填。开始的时候，达洛还"乃尼、乃尼，雅洛、雅洛"地叫了几声，但不大一会儿就剩下一块骨头了。达尼把嚼食达洛皮肉的宁崩鬼一一射死了，最后只剩下了一个老宁崩鬼，他的乳房很长，像个皮口袋似的搭在肩上，达尼怎么也射不死这个老精怪。老宁崩鬼向达尼猛扑过来，达尼拔出别在腰间的弯柄小刀，老宁崩鬼也拿出了"达马当拜"（珞巴语"编织木梭"的意思），他俩展开了你死我活的残酷争斗。达尼和老宁崩鬼正厮杀得不可开交时，飞来了一只乌鸦，它朝着达尼叫道："乃尼、乃尼噢噢，快砍倒地上的竹子。"原来，宁崩鬼住的地方周围是一片大竹林。达尼听了乌鸦的话，赶忙砍倒了一大片竹子，留下了许多竹桩子。老宁崩鬼追赶达尼，被竹桩子绊倒，戳死了。达尼砍了他的头，这颗头变成一只黑鸟飞走了，就是现在的宁崩鸟。达尼战胜了死亡回到家里，他对着达洛的尸骨念咒："过五天我来叫你，你若真是达洛，就'呼又呼又'地答应我，你如不是达洛，就发出别的声音。"过了五天，达洛"呼又"一声复活了，站在火塘旁边。

　　这篇冥界神话，不论是亡灵的形象还是诸鬼的形象，都极为鲜明。冥界位于核桃树下的地底，但周围却布满竹林，这想象极为奇特。达尼虽然憎恨并杀死了兄弟达洛，但兄弟之间的情谊却不能忘怀，甘冒生死之险闯入鬼域，用意志与力量战胜了死亡，杀死了鬼魅，救活了弟弟。行为上的这种矛盾，揭示了原始人心理中的矛盾，这反差是神话魅力的一大要素，也使冥界神话具有了艺术的耐久力。

第三章　关于洪水的神话传说

中国各族神话有一个共同的主题：宇宙开创、人类起源之后，曾有过一段幸福生活，但不久，由于种种原因（或天神的惩罚、或灾难事故、或自然失调），人的命运突遭灾难的侵袭而受到重大挫折，人口大量死亡，面临灭绝危机。最后，某个转机（或天神转意、或人为消灭、或自然恢复）使人类得以再生，重新繁荣昌盛。人类生活从此进入新的阶段，创立了自己的文明。

"洪水神话"就是一个明显的例子。洪水神话广泛存在于世界各地，也存在于那些很少受到洪水侵袭的地区。因此，洪水神话很难只是对往古灾变的"回忆"。大多数洪水神话都把洪水泛滥与人类的再生联系在一起，这显然别有含义。如怒族的《祖先阿铁》既是一组典型的洪水神话，又是一则典型的人类灭绝与再生的神话，还是一则典型的族源神话。

三种神话要素，有机交融，互为补充，有力突出了"再生"这一主题。

在原始生活中，毒蛇猛兽、森林大火、暴风冰雹、地动山摇以及超自然的精灵的幢幢怪影，都曾破坏过人的安全、威胁过人的生存，从而在人类意识中激起种种神秘情感，如恐惧与崇拜等等。这些内容自然而然地渗入神话之中。特别是那吞没一切的洪水，它虽未受到明显的崇拜，但却深深地铭刻在各族人民的意识底层，在祖辈相传的神圣语言中，留下了丰富的"洪水传说"。这里的奥妙是什么？直观地看很可能是由于水的普遍存在与其形态变化的无穷以及给人类造成的福祸所形成的巨大反差——温顺时，能为人类造福；狂暴时，又能毁灭一切。对人类的生存它是既重要又危险，常常给人造成神奇莫测的印象。这种"恩威并施"的矛盾性格，在各族的神话意识中所激起的共通回声，就是洪水神话。

用人类文化学的知识透视一下，洪水神话还可能有着更深的意义。它描述的也许不仅仅是人的物质生活史而是精神生活史，暗示着一个大变革——大洪水把人的原始生活一分为二。大洪水之前，人们还生活在一个万物有灵的混沌世界里，神人可以自由往来，人和动物也都不分畛域。这是图腾观念的遗绪，是透过图腾信仰看到的人类命运（而不仅是文化上）的"史前"时代。洪水神话中的大洪水，意味着对泛灵观念的一次"清洗"。它通过"俺没"，切断了人与其他类物之间跨物种的图腾联系。从此，人在自己的意识中，成为依靠自己的力量（当然还离不开"神的启示"）活下去的种族。这就是由洪水神话展示的人类再生观念和新始祖重造人烟的象征性。

从洪水的起因看，其神话形式大致具有以下六种。

一、自然发生论

洪水的自然发生论，既有神话的要素，又有些接近自然科学为我们描绘的图景。如原始的达斡尔人认为天体是圆的，它像"一口大锅一样"，扣在方形的大地上。这种描写与人的日常体验是相近的。他们的传说认为，大地上立着一只仙鹤，它只用独脚支着地，但每隔三年必定要换一次脚，这时大地就摇晃起来，于是就发生了地震。经过多少万年之后，洪水泛滥淹没世界，大地上的万物几乎死绝。浩劫过后，一切生命、人类又都重新一点一点繁殖起来。这种描写带有强烈幻想色彩，使神话高出经验的层次。神话中的这种周期性运动，有时会出现失调。这里，除了原始的神灵——仙鹤形象以外，看不到神祇的干预，即便那只独立大地的仙鹤，似也遵循着自然或超自然的规律，它并不是凭自己的意志和力量行动的。人的因素（人形、人性、意志）如此稀少，说明观念的原始性。与这原始性对应，是洪水原因的自然发生。这与汉族上古神话中洪水原因的不明显，有奇妙的相近。不同的是，汉族上古洪水神话中的神和英雄（鲧与禹）并不消极等待洪水消退，而是积极地制止了它。

　　类似上古神话中的鲧禹治水，有的洪水虽由自然原因促成，但其救治却由神人之力予以完成。在拉祜族《人是怎样传下来的》这则神话中，讲述了一个典型的再生故事：很古的时候，地面上原来住满了居民，他们是大洪水之前的初生人类，还没有经受过洪水之灾与再生磨炼。后来淫雨不止、水漫山川，波涛滚滚，一片汪洋，人类被这自然灾难推到了种族灭绝的深渊。见此情状，天神厄莎决心出来搭救，他找来一个葫芦，把一对青年男女放进去。可是，不久葫芦里的这对男女就被豹子咬死了。他又放入第二对男女，不料洪水倒灌葫芦，又把这对男女溺死了。第三次，厄莎变得聪明起来，他把葫芦口紧紧塞住，大葫芦浮出了水面，这对"人种"终于保存下来。雨过天晴，洪水消退，厄莎历尽艰辛找回葫芦，取出人种，人类最终依靠外来的神力得以再生。厄莎虽未制止洪水泛滥，但他巧用智谋，千方百计保存人种，使人类得以繁衍子孙后代。在不少洪水神话中，人类的再生，则是更合乎自然的人类求生意志的结果。再生情节中，神的主动性与人的被动性，很少有如此鲜明的表现。

二、自然的惩罚

有的洪水起因于人对自然状态的破坏，自然以非人格化的力量进行惩罚时形成洪灾。

苦聪人神话《人类起源》说，在远古的森林里，有一位妇女发现了一棵神树，这棵树依着自然法则越来越大，终于把太阳和天空遮得透不过一丝光亮。她想尽了办法，用箭射，用刀砍，都不顶用，最后她燃起一把大火将神树给烧光了。然而，她此举即招致了自然的报复：大火还未熄灭，就从树根部"突突"地冒出一股无法阻挡的激流，越来越快、越流越多，不一会儿就汇成喧腾的洪水，把世界给淹没了。由烧毁"世界树"引起的弥天大火，激起了灭绝人类的大水，看来这决不是一种随机的说法，它很可能包藏着原始人类对于水火二元的古老观念。水火二元的观念投射到再生神话中，经常体现为洪水主题（"水"）与多余的日月（"火"）主题的结合，最后则归结到"洪水消退"与"射日射月"（灭火）的水火平衡论。在平衡态尚未恢复之前，洪水已经扫荡了一切。待到洪水之灾过后，世界上只剩下一男一女，他们负起繁衍、再生人类的使命。以后就出现了分工和人类的分群，苦聪人由于没有分到田地，所以就一直生活在树林里。

三、事故致水

因某种意外事故而招致洪水的神话，接近"自然的惩罚"，但在人的行为与洪水之间有着更合理、更显见的因果联系。它不象烧毁"世界树"的"宇宙之火"以及它引发的树根之下的洪泉那样充满非逻辑的原始性。它是合乎经验、因果规律的——尽管仍是超现实的，因此更易为现代人的推理性思维方式所理解，把它看作一种"事故"。其实，在自然过程中，这种事故根本不可能发生。

流传在汶川县羌族集居的龙溪地区的《黄水潮天的故事》，把事故的肇因归咎于猴子：很早以前，有个猴子爬到一棵很高的马桑树（天梯）上，顺着树尖就溜到了天上。它在天上东翻翻、西找找实在淘气，天神警告它千万不能去碰那只盛水的金盆，若是水泼出来，那地上的一切就都要被淹死了。

但这野性十足的猴子哪肯听话，结果金盆弄翻了，顿时泛起了波涛。猴子翻动"金盆"，比"水仙姑忘了堵天塘水"导致暴雨不止离开人的生活现实更远、更富想象力。

四、天神惩罚

天神是一种人格化的神秘力量，带有天神惩罚性质的洪水起因，比自然惩罚的起因更富于戏剧性和人格色彩，它不仅带有因果关系的认识，也包容了"罪与罚"的观念。其中既有初民对人与自然关系的朴素认识，又不乏宗教式祈福的矛盾心情。

纳西族《创世纪》说，当大洪水之前的初民繁殖到从忍利恩这代人时，"兄弟姐妹成夫妻，兄弟姐妹相匹配"。他们没有禁忌，充满扩张精神：耕田竟然"耕到天神住的地方去"，犁地"犁到天神住的地方去"。这种肆无忌惮的态度，触怒了天神子劳阿普，"他恨天下的人类，要用洪水淹没大地，让人类灭绝"。洪水铺天盖地时，从忍利恩由于得到东神与色神的帮助，藏在三天前用骗牦牛的皮做成的皮囊里，这才超度于灾难之外。

在这里，有罪恶观念，即初民无止境的贪欲以及对这一贪欲的反省（把洪水泛滥归咎于贪欲引起的天神之怒）；有惩罚观念，即老一代人的死亡殆尽（只留得一个"例外"的英雄）；甚至还有赎罪的观念，所以，后来从忍利恩为取得再生人类的权利而拼命克服困难。正是这种赎罪，驱散了天神的盛怒和恶意。

五、自然力量的斗争

由两种力量的斗争、攘夺而引发洪水的说法十分普遍，足以构成洪水神话的一个型式，活跃在这些神话中的主角，有自然化（非人格的神奇动物）力量和人格化（人或人形人性的神）力量的区别。

如自然力量与人格力量之间的对抗，成为引发洪水的导火线。黎族神话《螃蟹精》中说，古时有个凶恶的"螃蟹精"，喜欢吃人肉，人类对它恨之入骨，但又无可奈何，只好祈求雷公。雷公和螃蟹精激战七天七夜，难解难分，螃蟹精乘雷公不备，用大螯钳住雷公的脚，雷公暴怒，忍痛抓起巨大的雷锤，一锤就把螃蟹精给砸死了。但出乎意料的是螃蟹精肚里的黄水涌流出来，喷了七个昼夜，酿成一场大洪水。不幸的人们本想求福，反遭横祸，都被大水淹死了，只剩下一对兄妹，结为夫妻，再造人烟。

六、复合式

侗族的洪水再生神话，是十分奇特的复合形式，兼有多种内容。洪水的起因、洪水的发作，通过人的斗争而实现的神话式的退水以及人类的再生……最重要的是射日射月主题溶入神话故事。它的各层面，从各角度说明了再生神话的广泛内容。其中，洪水的起因是一场玩笑和恶作剧带来的报复与斗争，发动者与受害者之间竟是亲兄妹关系，洪水的消退是兄妹斗争的结果。另外，洪水的退却采取了不寻常的"日晒"方法，结果引发了十二个太阳并出的大干旱。这样就把再生神话两大主题——洪水与射日有机融合到了一个故事里。最后，"十二个兄妹"和"十二个太阳"之间有醒目的对称：两兄妹成为新的人祖，两太阳成为两大天体。松恩、松桑的有机运动，是再生神话的序幕；太阳月亮的安置，成为再生神话的终曲。十二个兄妹间的复杂关系和十二个太阳的故事，则是它的主干。

洪水神话不仅有洪水起因、躲避洪水、人类再生等大体上属于自然或本能方面的内容，还有运用人的工作方式来消除洪灾的内容。在侗族神话中，丈良、丈美射瞎了雷婆的眼睛，迫使她用十二个太阳晒干了洪水，这当然是人类意志与力量的胜利，但其方法却是超自然的。

人工退水的神话，则充满了巫术的情调，其中不乏原始宗教的影子。高山族的《少女献身退洪水》就充满了献祭的自我牺牲精神：世界变成了汪洋大海，人们一个个都逃到了高坡处。大家公选一个人献身于水神，可水势非但没有消退，反而涨得更猛了。头人的女儿奋身一跳跃入水中，洪水顿时哗哗地退下去了。为什么平民女子献身不行，非要贵族少女献身呢？这使我们想起了"炎帝少女"衔石填海的神话。无疑，两则神话内容大异，但认为领袖人物的女儿（而且是未嫁处女）具有某种人所不能的神力，则甚为一致。这种以少女祭神（尤其是水神）的风俗延续很久，从原始社会一直沿袭到文明时代。其背景则是宗教赎罪心理与取媚于神的仪式。通过活生生的人的牺牲来实现的这一行为，是人类生存意志在那远古时代的变形闪光。

洪水神话，还通过"再生"的细节，提供了深刻与丰富的哲理内容。它用神话的语言与笔触，披露了人类自立于世界的秘密。

例如，新一代人祖不是出于偶然的没有被淹死，而是出自天神的选派，常由兄妹婚配。为什么非是兄妹才行呢？原来，"兄妹婚"的本质就是渴望保持种族血统的纯粹性。原始人的"人类"观念与现代人依据生物科学形成的"人类"观念根本不同。在他们看来，同一个氏族、部落内的人，才属同一人类。除此之外，则是"非我族类，其心必异"。"异邦"、"异教徒"、"夷狄"，甚至在已具文明的人们看来，仍是不洁净的——更何况在原始氏族社会的宗教心理中。反观"大洪水"，在很多情况下，正是由于不洁净等罪恶所引起，因此，种族洁净化成为人类再生的前提，是既自然又必要的。大洪水把"万物有灵"、自由交媾的"混沌"涤荡干净，为以"兄妹婚"为象征的民族隔离，以及人与动物的分离、人与人之间的分群——铺平了道路。

神话正是以"神命"的方式，强调了人的种族的纯洁性，强调了人种纯洁是出自天命、天意。"兄妹婚"虽然违反了后世的风俗，但由于它合乎当时种族至上的心理，终究成为一种普遍的再生模式。

与少数民族的丰富的洪水神话相比，汉族的洪水神话的最大特点是历史化。因此，"治水"的主题在整个洪水神话中占有很大的分量，洪水之灾，是被人格化神祇（鲧、禹、女娲等）的意志力量与行动力量克服的。与此形成对应，洪水的真正原因却是模糊的，未经阐述更未经描写。鲧禹治水的神话，大约记录于西周初年，可算中国史籍上最早出现的神话，也是最著名的"救灾——再生"神话。相传鲧因救灾治水心切，竟盗用了上帝的"息壤"以堵塞洪水（这与女娲"积芦灰以止淫水"的做法颇为相似）。结果治水失败了，他本人也被上帝派来的火神祝融杀死在羽郊。但鲧虽死不腐，三年之后，从他肚子里生出了大禹。大禹一改其父埋堵洪水的方法，代之以疏导的方法，终于获得成功，并继舜而君临天下。

现存古代洪水神话具有以下特点：

第一，洪水灾难的原因不清楚。第二，治水和救世的神话含义不甚清楚。第三，上帝或主神在"救灾、再生"过程中的作用模糊；对治水英雄发生态度转变的原因不清楚。

关于洪水的起因，只是到了西汉的《淮南子》上才出现两段说明性的文字：

舜之时，共工振滔洪水，以薄空桑。（《本经训》）

昔者共工与颛顼争为帝，怒而触不周之山，天柱折，地维绝。天倾西北，故日月星辰移焉；地不满东南，故水潦尘埃归焉。（《天文训》）

第一条材料说明共工"振滔洪水"发生在"舜之时"，这与鲧禹父子治水的时间正相切合；第二条材料说明水神共工曾经扰乱过宇宙秩序。这两条都不约而同把洪水与共工联系了起来。可是，共工为什么要振滔洪水殃及无辜呢？也许是水神的本性使然吧！但第一段材料本身未作出丝毫交代。第二段似乎交待了一下："与颛顼争为帝"，但这段文字的本意则是解释中国地形何以西北高、东南低这一地理特点的。洪水的真正起因、具体详情、转变的契机以及各种戏剧性的细节，在上古神话中既无文字说明，又无更多的线索可寻。治水故事，尽管是上古洪水神话的主干，但其因果缘由在神话叙事中同样缺乏充分的说明。我们后人可以说，大禹治水，使人民免除了许多苦难，为社会发展铺平了道路，对国家的贡献极为重大。这种"解释"听起来振振有词，但只不过是一种附会的"历史意义"而已，与神话思维的特点相去甚远。上古洪水神话只有隐晦的再生象征（如鲧死后三年从肚子里生出禹来），而无明确的再生内容。它的再生，不是人类种族的再生，而是一个英雄神的变形式再生……在这种意义上，"鲧复"（"复"同"腹"，即鲧的肚子）就相当于西南洪水神话中的"葫芦"、"南瓜"等再生的容器。《天问》所谓"永遏在羽山"、"三年不弛"（弛同弛，意为解体。《海内经》郭璞注引《开筮》云"鲧殛死，三年不腐，剖之以吴刀，化为黄龙"，与此正合），相当于在洪水波涛上漂泊的历程。

保持了三年的不解体状态，实即在洪水中度过的避难时代。最重要的是，上帝为什么先反对鲧的治水，后来又支持鲧的儿子禹去制胜洪水呢？是仅仅因为鲧盗窃了他的"息壤"抑或是惩罚他治水方法的失当？这一系列的疑问，在已有的故事情节中，并无明确答案，致使后人多所猜疑。因此，早在屈原时代，《天问》的作者就对此充满疑窦，大惑不解了。

以上所述，可归结为：上古各个洪水神话和治水传说，实际上是各自孤立的。各个故事片断没有组成统一的故事序列，故事的前后联系暧昧不明，故事本身也断断续续，给人留下缺乏"故事要素"的印象。

第四章　击落日月的神话传说

　　天上只有一个太阳和一个月亮，这是今天的常识。但在远古，人们并不这么认为。流布之广仅次于洪水主题的射日射月主题的神话传说，假定天上有多个太阳、月亮为害（只有极少数为害）不已，然后一个射神或其他英雄出来，击落多余的日和月，使天体的运行重归于正。民族区域不同，流传的射日射月的神话也各异。有些神话中的太阳、月亮不是射下来的，而是自然落下来的。另外，"射"也有多种形式，有用竹竿打落的，有用箭射下的，也有被山猪用獠牙咬掉的。那些造成灾害的太阳和月亮的数目多寡也不相同：两个、三个、四个、五个以至八个、十个、十二个。多数情况下日月都是成双成对的，但也有在同一神话中太阳月亮不相等的情况。如布朗族神话中有"太阳九姐妹"、"月亮十兄弟"的说法，彝族史诗《勒乌特依》有"六个太阳"、"七个月亮"

的说法。人与日月之间的关系均无例外地不协调乃至紊乱、摩擦、对立，以致发生惨剧。

人与日月的全面关系分为好几个层次：（1）"过多的日月"首先出现；（2）英雄（或自然、天神）奋起射日射月；（3）最后还要请（喊）出那仅剩下的一对吓坏了的日月出来恢复人类的正常生活等等。这些层次也并非一成不变，经常错落有致。为什么神话总是"假设"人与日月的不正常关系？原来，"多余的日月"这一物理灾难在于毁灭人类，因此，它的神话功能是引出后面的那个正文，即人类克服了灾难，获得了再生的故事。正因为多日多月与洪水同具灭绝人类的力量，隐藏在射日、射月神话内层的再生复活力量也就透过它而显示出来。流传在羌族聚居的茂汶县赤不苏区雅都乡的《开天辟地》神话就以"九日"的灾变代替了一般神话中的"洪水"，构成旧人类灭绝，新人类再生的神话序曲：很古以前，"天上有九个太阳"，把大地烤焦了。一个姐姐和一个弟弟躲到一棵"敬神的大柏树上"，才没被烤死。为了繁衍后代，姐弟相商各背一扇石磨，滚下山顶，如两扇合一，姐弟就成亲。结果两扇磨子滚到一起。婚后生下一个不成人形的东西，弟弟用力砍碎四处抛撒。第二天，只见炊烟四起，人烟再度稠密。这则神话的后部情节与各种洪水神话再生型的内容完全雷同。

只是"引子"由"洪水"潮天变为"九日"焦地。

日头的暴晒不仅可以顶替洪水暴发，成为再生神话的起因，还可以作为洪水的先导，扮演毁灭人类的恶毒角色——火与水被描述成因果关系。哈尼族史诗《奥色密色》"兄妹成亲"部分，描述了一个奇特的故事：传说人类出现以后，天上突然出现了两个太阳，极度的炎热把石头都晒化了，把大地都晒裂了。这时英雄猎神俄玛·俄勃阿鲁恩应运而生，出世救灾，他用弓箭射落了一个太阳，另一个太阳惊恐万状躲藏起来。因为两个太阳同时消失，天穹又出现了另一个极端："天昏地暗雾蒙蒙，冷风呜呜响。狂风在呼啸，洪水在翻腾。"不久，白茫茫的洪水就漫上天际，普天下的人全淹死了。只有合心兄妹躲进大葫芦里才免于一死。后来经神撮合结成夫妻，生下三个儿子。大儿子是哈尼族，二儿子是彝族，三儿子是汉族。

神话的创造者和传播者，已经具有了平衡与惩罚的观念。他们意识到矫枉所带来的过正，当它超出人力控制时，就触发了另一种灾难。

在黎族神话《人类的起源》中，火与水的关系又被颠倒过来：先是洪水滔天，后是九日焦地，除掉多余日月的不是人或人形的神，而是山猪。它还提示，多余的日月这则神话，很可能产自原始人解释气候的变化。

多余的日月，是再生过程的契机，但其自身目的，似并非专为毁灭人类，在某些神话中，它是完全超越于人类命运的，它不仅是"史前"的，也是"人类以前"的。摩梭人世代相传的《创世纪》就讲述了一个时序上最古老的多日月及日月坠落的神话。相传世界开初，天上有"九个太阳"、"九个月亮"。九个太阳一起出来，大地晒得起火。除了一棵叫"司朱子"的树以外，其余的树都烧光了；除了一块叫"则则石子肉米"的石头以外，其余的石头都烧化了。九个月亮一起出来，冻得河水都结成了冰。后来，"太阳落下了八个，月亮落下了八个"，世界上才出现了人。第一代人叫"木度给家长"，第二代人叫"给家那巴长"，第三代人叫"那巴衣衣长"，摩梭人就是第三代人传下来的。这里，多余的日月既不是天神搬走，也不是英雄射落，而是由于自然原因殒落的。

从射日射月活动的主角和射日射月的方式（包括所用工具）来看，大约可分成五种型态：

一、原始态的射日

珞巴族《两个太阳》中说，大地的孩子们——动物和虫豸们是太阳的同胞兄弟，有一天虫子穷究底乌带孩子和大家一起摘桃子。谁知住在天父怀里的一个太阳兄弟把穷究底乌的孩子晒死了。穷究底乌大怒，拔箭就向这太阳射去，一箭射穿了他的眼睛，被射中的太阳再也放不出光来，零零落落的眼睫毛落在地上变成了鸡。从此，天父怀抱里只剩下一个继续发光的太阳。大地上的人们和牲畜，要给剩下的太阳支差，所以白天活动。山林中的野兽和地下的老鼠，不给这个太阳支差，所以晚上才活动。

这则射日神话的主角，既非人类也并非人形人性的天神，而是一只不起眼的"虫子"。它的以箭射日，比之黎族《人类的起源》中的"山猪"咬掉太阳、咬掉月亮的情节更不可思议。其射日的动机，也不是出于深谋远虑或为了某种报酬，只是发自血亲复仇的冲动。此外，太阳也不像其他射日神话里那样是为人类服务的客体，反之，倒是要人类和家畜为它服务的主体。这种主客观念的不同，显示了人对太阳的敬畏和崇拜的心理。但太阳又是动物的兄弟——浸透着万物有灵的精神。根据这些迹象判断，它可能代表一种更原始的射日形式。

二、用竹竿打落日、月

原始社会最强大的武器——弓箭成了击落日月的主要工具。但还有爬上天梯用竹竿击落日月的奇观。水城仡佬族地区流传的《太阳和月亮》中说，从前有七个太阳和七个月亮连轴普照大地，把地上的居民和禽兽晒死了许多。山林草木枯萎了，水泉也干涸了。这时，来了个名叫阿鹰的壮汉，扛着一根长竹竿爬上了高山，又从山上的大树攀援到天上，奋力用长竹竿打落了六个太阳和六个月亮，剩下的那对日月不敢出来了。

这则神话对英雄登上的天梯虽未详述，但我们仍能从中感受到天地分层尚未固定的景观，那时人们可以攀援上天穹，并可以罢黜毒害人类的太阳。

三、神巨人逐射天敌

流传在金平地区的布朗族神话传说，称日月是神巨人顾米亚的天敌。这"太阳九姐妹"和"月亮十兄弟"要破坏顾米亚辟地开天的事业，便放射出暴烈的光。所以顾米亚游过沸腾的江河，爬上最高的山峰，张弓搭箭，对准太阳射去。

一声巨响，一个太阳被射落。剩下的八个太阳和十个月亮一齐凶恶地扑向顾米亚想活活烧死他。顾米亚二箭、三箭、四箭……箭无虚发，嗖嗖地射向空际。最后只剩下了一个太阳、一个月亮。顾米亚虽然已经累得两臂无力，但他余怒未息，拼力把第十八支箭射向最后一个月亮，无奈强弩之末，竟然没有射中逃命的月亮，但也把它吓出了一身冷汗，浑身凉透了，从此，月亮再也不会发热了。顾米亚就这样让日月按照自己的意志来运行。

四、出尔反尔的试验

布朗族史诗《十二个太阳》则把创造多日与射落多日的业绩一起归在天神翁戛一人身上，从而形成射日神话中十分独特的一个形式。虽然各地唱法不一，但其基本情节近似。

翁戛所造的十二个太阳一起出来，给人类带来极大的灾难，因为自然过程和历史过程一样，从来都不是按照"蓝图"来发展的。翁戛见此情景，只得做了一张大弓，十二支利箭，爬到大榕树上，一气发出十箭，射落了十个太阳。从此，天上就只有一个太阳和一个月亮了。天神翁戛的用意原是好的，想让各个太阳独挡一面，各有所司。不料却忽略了一个根本问题：十二个太阳同时普照，过多的温暖会导致酷热，过多的光明会成为苦难。为弥补过失，他不得不亲手毁掉自己的作品。应该说翁戛这一形象要比单纯的射日英雄更加丰满。

水族古歌《开天立地》对日月浮沉所作的神话叙述，与布依族的《十二个太阳》情节相似，但日月的数目只有十个。

五、真假太阳与神族之战

阿昌族神话史诗《遮帕麻与遮米麻》描绘了一个"不会降落的假太阳"，它和十日并出一样可怕。天神遮帕麻砍下黄栗树做了一张"千斤弓"，砍下大龙竹，做了一根"九丈长的箭"，一箭射落了假太阳，拯救了人间。天上又重新出现了天神遮帕麻造的真太阳和真月亮，它们会升也会落，使世界恢复了阴阳，有了白天和黑夜。透过对假太阳的叙述，说明原始初民的智慧已意识到人生的真谛在于寻求平衡。

射日神话不仅在炎热、干旱的地区传播，甚至在阴冷潮湿的西伯利亚，也有射日神话流传。这足以否定以"抗旱要求"来解释一切射日、射月神话的假定。以中国上古的射日神话——羿射十日、日乌解羽的主题看，它本有两个不同的来源：射神羿的神话和十日的神话，前个神话传说是天帝派射神羿下凡，诛杀各种妖怪，完成英雄使命；后个神话则与殷王以十个天干为名号（如王亥、上甲微、武丁、帝乙、帝辛等等）的习俗有关（十日为一"旬"），直到东周时代，随着日神崇拜的衰落①，它们才结合成一个"天灾与救世"的母题②。这表明中原地区上古射日神话与社会意识形态变革之间，很可能有某种关联，而不仅仅是解释季节与气候的变化。

除了洪水与日月的主题，救灾神话还有多方面内容，如为害人间的精怪等。《淮南子·本经训》记载说：

尧之时，十日并出，焦禾稼，杀草木，而民无所食，凿齿、九婴、大风、封豨、脩蛇，皆为民害。尧乃使羿诛凿齿畴华之野，杀九婴于凶水之上，缴大风于青丘之泽，上射十日而下杀猰貐，断脩蛇于洞庭，擒封豨于桑林，万民皆喜，置尧以为天子。

凿齿、九婴、大风、封豨都是可怕的、常人战不能胜的怪物。但只有战胜它们，人类才有再生的可能。

上古神话中最具典型的救世再生业绩应归于女娲：

---

① 参见朱天顺《中国古代宗教初探》，上海人民出版社一九八二年版第七~二一页。
② 参见张光直《中国青铜时代》，三联书店一九八三年版第二七四页。

往古之时，四极废，九州裂，天不兼复，地不周载，火滥炎而不灭，水浩洋而不息。猛兽食颛民，鸷鸟攫老弱。于是女娲炼五色石以补苍天，断鳌足以立四极，杀黑龙以济冀州，积芦灰以止淫水。（《淮南子·览冥训》）

女娲不仅具有羿的武功（杀黑龙），还具有立四极的神力、炼石补天的奇能和芦灰止水的超人智慧。因此，她是中国再生神话的象征。到了唐代以后的传说中，更成为大洪水后再生人烟的新始祖，这是极为顺理成章的事。

第五章　万物起源的神话传说

寻求事物间的因果关联，似乎是人类的本能。对宇宙之链的神话追源，演为洋洋大观的"万物起源的传说"。在原始生活中，这不仅满足了一般的好奇心，更有宣传部落传统、增进氏族团结的实际功用。"释原神话"，是研究者对它的概括。在原始心理中，则认为"世界本来是这样的……"，而不认为神话只是一种解释或推测。

中国古经《周易·系辞传》中的一段话，有助于我们理解释原神话的性质：

古者包義氏（即伏義氏）之王天下也，仰则观象于天（本体与气象神话），俯则观法于地（大地与地震神话），观鸟兽之文与地之宜（动植物神话），近取诸身（人类起源神话），远取诸物（社会、文化神话），于是始作八卦，以通神明之德，以类万物之情。①

"通神明之德"，是神话的宗教功能；"类万物之情"则是神话叙事的本质所在。而这一切，都来自大自然给予的启迪！

一、混　沌

　　远古的时候，天地还是一团浓雾，没有山河，也没有任何生物。②

　　那时天上还没有日月星辰，地上也没有江河山岳，整个宇宙都处在寸草不生、混沌黑暗的情况当中。③

这种前于感觉世界的特性，使它必然超出人的经验：

　　远古的时候，天和地紧紧地重叠在一起，结成了一块坚

---

① 引自《系辞传下》第二章，见世界书局一九三六年版《咽书五经》上卷朱熹注《周易本义》第六四页。原文字面上讲的是八卦卦象的起源，实际意义远为广泛。
② 引自彝族神话《人类和石头的战争》。
③ 引自彝族神话《创造万物的巨人尼支呷洛》。

硬的岩石，不能分开。那时候，没有风雨雷电，也没有人类和村庄。①

没有天，也没有地，更没有草木和人类。到处是一团团黑沉沉的，飘来飘去的云雾。②

神话没有直接回答——人怎么知道人类产生以前的宇宙形态？但它有一个潜前提：人受神启，故知自身的来历。同样，从原始质地到形成宇宙之间，也须有个第一推动者，否则世界怎么运转起来？这个曾使牛顿大惑不解的问题，却被神话轻而易举地解决了。它的答案并不科学（正如牛顿的答案也不科学，他说是"上帝"首次推动了世界），但以强烈的人格化使原始动力获得鲜明的形象性。

在创世神话的情节发展中，"原始动力"的出现是个契机。这个第一推动者直接促成宇宙的诞生，使原始质地分化为五光十色的世界。如记录于三国时代的盘古神话把促成宇宙形成的殊荣归之于一日九变的大神：

---

① 引自壮族神话《布洛陀》，周朝珍口述，何成文整理。
② 引自布朗族神话《顾米亚》。

天地浑沌如鸡子（蛋），盘古生其中，万八千岁，天地开辟，阳清为天，阴浊为地。天日高一丈，地日厚一丈，盘古日长一丈，如此万八千岁。①

值得思考的是，同在古籍中的盘古神话，竟含有卵生与化身两种形式。这表明盘古神话可能有不同的文化来源时代背景。

从文献上分析，发现两种不同形式（卵生与化身）的盘古创世，分别收辑在唐代和清代，可否据此推定卵生说较早而化身说晚出？不能。事实上，化身形式在我国各民族神话（包括汉族盘古神话）中普遍存在，而卵生神话则受到印度神话的影响。在印度古籍《奥义书》第三卷九一章中有一段堪称世界最古老的卵生神话记录：

（宇宙）在最初的时候是空洞无物的。后来，开始有物出现，它逐渐形成，成为一个鸡卵。经过了一年，它一分为二，一半是银的，一半是金的；银的变成大地，金的变成天宇；……

---

① 见唐·欧阳询《艺文类聚》卷一引三国时代佚书《三五历纪》。

然后从其产生出太阳神——阿狄特耶。①

这则神话比我国境内的卵生神话更简单、原始，出现更早。耐人寻味的是，我国卵生神话，在佛教文化大举东进之后的三国时代才开始出现。

二、对立力量的冲突

神话凝缩着原始人类求索的历程，正是在这种意义上，它获得了永恒性。它不仅是恐惧与迷惘的写照，也是希望与热情的象征。因此，神话世界充满动力感：对立力量的巨大冲突，是其重要主题。对立的力量并不总是有形的，它时而体现为创世之神与无形困难的斗争，时而体现为某种误解与曲折。但在更多的情况下，它变得营垒分明，演为两个神族之间富于戏剧性的战争。神族之战与宇宙开辟的神话功能相近——这些过程使宇宙的轮廓确立下来，"诞生之歌"总是以战争的形式不断变奏。

为统治世界的权力而战，是一切斗争的核心。古籍对此

① 转引自乔治·汤姆逊《古代哲学家》，三联书店一九六三年版第一六二页。

类神话情节的记载颇为丰富，并多有片断可寻。据先秦文献透露：炎帝与黄帝曾在"阪泉"地方大战一场，战况不详，但结局是炎帝战败。炎黄二帝地位相等，属同一层次，但战争结局却开启了一系列的反抗与镇压。战神之族蚩①首先发难，起来反抗黄帝确立的神界秩序②，双方势力在"冀州之野"展开决战。黄帝这位古代的雷神召请了应龙和天女魃等干将，运用"蓄水"、"止雨"等法术战败了蚩尤，镇压了他们争夺统治权的暴动。③ 这则神话经过历代的历史化解释，多被今人理解为古代两大部落的战争，但在神话意义上原为神族之战。从社会学角度，当能发现神族之战是人际战争的神化，但神话思维与历史思维的性质，则并不等同。

　　为执天下之牛耳而战，在古代中原这"四冲之地"上频频演播，是意料中事。神话场景中浓郁的地方性（冀州）和民族性（重巫）显示，这是最纯粹的中原古神话。到了西汉初年，中原神族之战的性质，获得了更明确、更壮观的发展：相传水神共工与上帝颛顼争夺天帝的宝座，共工不能取胜，

---

① 参见袁珂：《中国神话传说词典》第三三九～三四一页，上海辞书出版社一九八五年版。

② 见《尚书·吕刑篇》："蚩尤惟始作乱"以下。

③ 见《山海经·大荒北经》。

结果发怒触及"不周之山",撞断了天柱、地维,致使整个天庭发生倾斜,大地也歪向东南,所以,中原地区的河流大都变成了今天这种东南流向的。共工的所作所为,充分表现了"神族之战"中普遍存有的非理性精神——撞折天柱地维,殃及无辜生灵,并不能挽回败局,只不过是为了发泄怒气而已。这种残酷性,使世界的发展走上冲突、破坏、复仇等以暴易暴的道路。

神族之战,既体现了原始心理的好战性,还洋溢着"不死"的含义。《山海经·海内西经》说,野心勃勃的刑天神与"帝"争夺至尊之位,失败后被砍下头颅,埋在一座叫常羊的山里。按照经验推断,刑天已经死去,否则威力更大、智慧更高的"帝"就不会把他身首异处地埋掉了。但结果怎样?失去头颅(埋在深山之下)的刑天把胸膛变成了新的头颅("以乳为目,以脐为口"),重操"干戈",对抗天帝!这种超自然,甚至超神能的充沛内力,暗示神话观念中斗争的永续性。刑天的"不死",不是那虚无缥渺的灵魂不死,而是惊心动魄的肉体再生,是从这奇异的肉体不死中迸发出来的战斗力和意志力。这力,是原始心态试图牢牢抓住生存空间、赢得战争胜利的叙事表现。由此可见,"不死"之于原始人,不是享受,而是战斗!

为人类的利益而战是人的自我评价提高的结果。神话的核心本来超出人类的经验范围，神和他的事迹因而具有神秘的性质。正如有一句格言所说，"神秘的东西不是：世界是怎样的，而是：世界是这样的。"① 神话恰恰不是在探讨世界可能如何如何，而是以其童心与直觉断言：世界就是如此。在早期，超人的、神秘的要素居主导地位，那时的神多有动物的体貌、性格，随着文化的渐渐进步，人性、人形的因素稳步增长，神话中人间故事的成分越来越浓。神族之战中最后出现的为人类的利益而战的主题，正是基于这种文化心理。其叙事前景则直接导向神魔故事和志怪小说。最后，完全以人为主角的、不带表层神话色彩的叙事文学，才慢慢出现。

我们看到，越原始的神话，叙述的语言越简单。古经《周易》对神族之战有过这样的暗示："龙战于野，其血玄黄。"（《坤卦上六爻辞》）明末学者倪元璐对此解释说：处于相战状态的两"龙"，是宇宙生成的基本元（乾、坤）的象征，他们"健而能战"。他们之间的战争，不是人间、朝廷之间、国家之间的战争，而是在"郊牧旷远"之中进行的"神行其间"的战争。它具有"使民由之，不必知见"的神秘性。龙血的颜色，为什么不是一般的红色，而分别为黑的与黄的？这是

---

① 参见 [奥] 维特根斯坦：《逻辑哲学论》六·四四。

因为，它们已成了乾（黑）与坤（黄）两大神秘力量的象征。宋代学者李中正也认为这段爻辞意为神力之间的斗争："龙本飞天而泽物，今乃战于原野之间……玄黄虽杂，雌雄必决，能无伤乎！"只是由于时代的、眼界的不同，他们尚未理解到这是一场超出儒学世界观之外的神族战争的片断遗存。这寥寥八字神话本身，虽然语焉未详，但却透露了一个古老的消息：曾有两个强大的神圣龙族，为了某个事端，发生过残酷的战争。其结局是两败俱伤，双方都付出了惨痛的代价。由于爻辞的内容和形式的限制，神话叙事已经遭到省略。这种因缺乏神话的主体性（即不以记载神话为目的）而终于受制于其他记载、终而导致神话系列零落混淆的特点，在中国古籍神话中是屡见不鲜的。

三、大　地

人，是一种依附于土地的生命，无论他流浪到哪儿，总也离不开大地。在这个生存空间中布满着险阻，是原始人类直接面对的一个无情现实，因而成了他们产生惊奇并力图解释的重要对象。

《楚辞·天问》篇的近百则"问天"的神话、传说问题中，有个关于大地神话的问题："八柱何当？东南何亏？"王逸《楚辞章句》注云："言天有八山为柱，皆何当值？东南不足，谁亏缺之也？"它的意思是说："八个天柱支撑在哪个地方？东南大地为什么亏损下沉？"这种质疑式的提问表明，上古神话认为天空是由八根天柱支撑的。八根天柱的神话，与八方观念有关。天柱，实际上就是撑天的地柱。八根天柱的具体名称虽不见经传，但《淮南子·天文训》说共工怒触不周之山，导致天柱崩折——天柱与高峻的山岭肯定有关。《神异经·中荒经》说：

> 昆仑之山有铜柱焉，其高入云，所谓天柱也，围三千里，周圆如削。

天柱又是铜质的，但"铜柱"毕竟耸立在山上，因此，山是天柱或天柱之基当无疑义。

与八根天柱相对的"地维"只有四个，维，即"角"的意思。古人认为大地是方形的，地维崩绝，地倾东南，即地的一角塌陷。中国内地的地势，西北高而东南低，长江、黄河、淮河，莫不取东方偏南走向，反映到神话中，就认为是水神共工破坏了天地的均衡，使中国多有水患。与天柱的无名状态不同，地维各有名称：东北方的叫"报德之维"，西南方的叫"背阳之维"，东南方的叫"常羊之维"，西北方的叫"蹄通之维"。不论"天柱"、"地维"，都属大地范围，都是大地神话。天柱地维似乎纯属幻想的产物，其实，它们是原始的经验，是人对自身所依附的大地形态及其来源的形象理解。

地震，不论古今都给人的生活造成巨大的灾难。那么，原始心理又是怎样理解它的呢？和其他自然现象一样，古代神话对它进行了形象化的、生灵化的解释。在墨尔根河岸边的鄂温克族老牧民中，传述着一则地震神话：很久以前，保鲁恨巴格西神每天都用泥土造人和物。捏来捏去，泥土用光了。正在发愁时，看见在阿尔腾雨雅尔神龟的肚子底下还积压着大量的泥土，但他不忍伤害它。为难之时，智勇超凡的尼桑萨满骑着白马，身背弓箭，对准神龟的颈项，一箭射中。神龟颤动着身子离开了伏卧之地，仰面朝天昏晕过去。从此，神龟的四肢变成天柱，牢牢撑起了苍天。时间久了，它困顿不堪，不得不晃动一下身子，这就是世界上不时发生的地震……这神话与中原地区流传的地震神话有异曲同工之妙：后者传说大地是由一只巨型鳌鱼驮在背上，每当"鳌鱼眨眼"，就会发生猛烈的地震。但两则神话所透露的民族生活和民族精神却又如此不同。如鄂温克神话的巫术（"萨满"是其体现者）性，已被中原民间神话的自然发生论取代了。

在不少民族的神话中，都有天父、地母观念流行着。在上古神话中这方面的直接资料已不多见。但古籍《周易》及《易传》中还保存着一些线索，在《说卦》第十一章缥缈不定的言辞后面，就隐藏着多种神话珍奇：

乾为天、为圆、为君、为父、为玉、为金、为寒、为冰、为大赤、为良马、为老马、为瘠马、为驳马、为木果；

坤为地、为母、为布、为釜、为吝啬、为均、为子母牛、为大舆、为文、为众、为柄，其于地也为黑。

"为"作"是"解，紧随的名词，分别是乾与坤、天与地、父与母的具体"物象"，即物质化象征。值得一提的是，以上所列的诸象并不对称，因此反而可能具有古老的民间传承的渊源，而若系文士们的任意杜撰，则不会排得如此零乱，缺乏明确的界说。

四、天　体

日月星辰等天体，斑斓万状，既是光明之源，又是生命之本。初民以其经验和直觉体察到这个道理，给天体现象以极大注意，像天体一样闪闪发光的天体神话应运而生。

中国上古的天体神话富于特色。它对日月倾注了极大的热情，却对星辰相当冷落。《楚辞·天问》篇颇富代表性，它针对日月神话问了不少，关于星辰则仅有寥寥四字："列星安陈"，问是什么力量使众星如此布列？这种冷落，在与《天问》并列的神话要籍《山海经》中同样存在。它对星宿神话绝少提起，对日月则不乏于书。而如"牛郎织女"等著名星宿故事，则起源很晚。先秦时代，仅《诗经·小雅·大东》篇提及"织女"和"牵牛"——不是作为神话，而是作为譬喻。到了东汉末年的《古诗十九首》中，牛郎、织女等星，方具人物的形象。而有关"神话"的出现——则晚在南北朝时代的作家殷芸的笔下！① 东汉魏晋南北朝，是外来的佛教文化大流行、大浸染的时代，牛郎织女的神话故事出现于此，引人注目。另一方面，上古天体神话缺乏星辰内容的特点，与两河流域文化重星象的风尚相去很远，从神话的这一侧面看，足以否定"上古中国文化西来说"。

《山海经》中的赫赫大神帝俊，是太阳、月亮的共同父亲。

---

① 见［明］冯应京撰、戴任续：《月令广义·七月令》所引［萧梁］殷芸《小说》逸闻。

帝俊，本为古代殷人的动物始祖神"夋"。学术界认为帝俊形象原为东方夷人群落的共同上帝，历史化后，成为古史传说里的帝舜。[①] 他和妻子羲和在"东海之外"、"甘水之间"生下十个太阳，太阳的母亲羲和经常在"甘渊"里给儿子们洗澡。所以，每当太阳冉冉东升时，总是新艳眩目的。帝俊又和妻子常羲在遥远的西方生下了十二个月亮，月亮的母亲常羲也常给孩子们沐浴清洁，所以，人们看到它们总是那么皎洁。关于日月的这些神话，显示它们有父母，但没有其他民族那里可见的对日月自身性别的任何描写——哪怕是些微暗示。

从现象上看，"十日"和"十二月"的神话起源与"十日为旬"、"十二月为年"的历法有关。但到底是历法影响神话还是神话催化出历法？抑或二者具有同源共生的关系？这是颇费思量的一个谜！但生动的神话毕竟不同于枯燥的历法，有关十日的神话形象，已超出历法的抽象性质：

汤谷上有扶桑，十日所浴，在黑齿北，居水中，有大木，九日居下枝，一日居上枝。（《山海经·海外东经》）

---

① 见吴其昌：《卜辞所见殷先王先公三续考·夋》，载《古史辨·第七册·下卷》第三三三～三四四页，上海古籍出版社一九八二年版。

这是说,十个太阳围绕着汤谷(一条因太阳洗澡而沸腾的河谷)上的扶桑树轮流值日:"一日方至,一日方出,皆载于乌。"常常九个太阳休息一个太阳出来。每个太阳都由一只乌鸦驮载着周流宇宙,昼以继夜。马王堆汉墓出土的帛画上,表示太阳的红色圆形中,就绘有一只黑色的鸟。十个红日,十只黑鸦对比鲜明。

十日相继的运行一直顺利,可是有一天不知什么原因,太阳的运行紊乱了,它们一起出来,晒得世界枯焦枯焦。据西汉初年刘安编纂的《淮南子》记载,这事发生在帝尧时代。为了维持人们的正常生活,尧命令射神大羿拉开巨弓,搭上神箭射落了九个太阳,结果载日的九只乌鸦都被射死,羽毛纷纷落下,一场浩劫才告结束。《楚辞·天问》上"羿焉彃日?乌焉解羽?"指的就是这段神话。载日之乌,是长着三只脚的神鸟。"三"在古代中国属于"神秘数字"。最能启发思考的,神鸟的名字是"踆鸟"[1]。据高诱的注释说,踆(音jun与"逡"音同)的意思是"蹲","踆鸟"的"踆"字,与他们的父亲帝俊的"俊"字,同有"夋"字的元素,这是否意味,"踆鸟"与"帝俊"确有原始的神话关联?"踆"

---

[1] 见《淮南子·精神训》。

也许不是形容词，而是特指三足（"趾"）之"夋"的名词？崇拜帝俊的东夷族，属于鸟图腾群落，而乌鸦正是一种鸟。

　　与生动有力的太阳神话相比，上古月亮神话充满了诗样的音韵。传说月亮上的阴影是一棵桂树，至于吴刚伐桂之说，是唐代以后衍生的故事。在先秦时代，认为"月精"是一只蟾蜍。月中蟾蜍和日中三足乌的神话，同为原始信仰中动物崇拜的遗留。但在后起的仙话中，则别有一种说法。据（《初学记》所引《淮南子》）记载，射日的英雄神羿向西王母求得长生不死的灵药，被他妻子姮娥（即嫦娥）偷偷吞服这药，飞奔上月，变为蟾蜍。两汉以后，蟾蜍渐被误会，并最终演变为"玉兔"，因为"蟾蜍"在《楚辞·天问》中写成楚方言"顾菟"，后人不解其意，遂以为月精与兔子有关。这一"错误"触发了后起的创造。这一事例表明，造成神话流传中的变异因素是多么复杂。

　　与上古神话重视日月、忽视星辰的倾向不同，近代民族天体神话的内容较为完整。

　　壮族的《太阳、月亮和众星》是个情节性强的天体神话——相传太阳、月亮和星星原是"一家人"。太阳是父亲，月亮是母亲，星星是孩子。太阳很残忍，每天清早起来，总要吃掉许多生命。这被他吃掉的不是别人，而是他的孩子——星星。每天清早，天边红彤彤的朝霞，就是星星流出的血！还没被吃掉的星星，就赶快躲藏起来。太阳吃星星，但总也吃不完。因为月亮每月有一半时间在生星星：她浑圆时就是在怀孕，她扁弯时就是生完孩子了。月亮在晴朗的晚上，总是带着孩子漫游天空，她周围总有满天星斗。众星在月亮身边欢快地闪动着淡蓝色的眼睛。星星晚上欢乐，但一想到黎明时就要被太阳吃掉，就忍不住悲哀起来，洒下许多伤心的泪水。每天早晨，在树叶和草地上，就布满了亮晶晶的露水珠，那就是星星掉下的眼泪！这里，不仅有日月星辰之间的关系，还描述了它们如何变化的情节，以及对露水的解释，其想象充满了诗意，令人叫绝。

五、气　象

　　气象的力量紧紧攫住了初民的心灵。其变幻多姿，则给想象之翼以奇特的鼓动。气象神话，并不"反映"气象真相，但凝聚着人们对它的体验。珞巴族神话《雷鸣和电闪》就是如此：男神"哈鲁木"和女神"哈尼亚"是兄妹俩。哈尼亚长得十分动人，非常漂亮，哈鲁木便拼命地追逐她，并要和她交合。但是美丽的哈尼亚不喜欢他，总是避开哈鲁木的纠缠。

为了遮蔽起自己的身体，不让哈鲁木发现，她便一再摆动长长的浓发，每当这时，天空就变得乌云滚滚，爆发惊人的雷鸣。有时哈尼亚还拔出头上的发针刺击追赶她的哈鲁木，这时空中就会掠过耀眼的闪电。认为雷鸣电闪具有人格也许是个知识上的"错误"，但神话的魅力，恰恰在于这类"错误"。错误和魅力相辅相成，骈生于神话的苍茫世界里。今日之科学和知识虽已否定了古代的神话和解释，然今日之直观仍萦萦于往日之奇幻。神话的力量具有穿透理性表层的特殊功能，它震撼着人类的深部灵魂，直到今天，那里还没有被科学之光完全照亮。

在气象诸神话中，雷神是重要的角色，在各族神话中它的地位都很显赫。西南各族神话中的"雷公"，便是洪水神话中不可缺少的主角。《山海经》中的雷神往往是在雷泽里。雷泽是个神话地名。据清代学者吴承志考证，雷泽即震泽，位于今江苏省的太湖。[①]江南多雨，可谓雷电之乡，这大约是雷神、雷泽的原始来历。雷神长着人的脑袋，但身体却是龙形的。它具有人兽同体的原始造型。当它敲打自己的肚子时，

① 见 [清] 吴承志《山海经地理今释》卷六。

天空中就会发出阵阵雷霆^①。相传雷神的骨头（这位原始神祇也面临着死的威胁）具有神奇的声振效应，黄帝打败蚩尤，在东海流坡山地方获得一匹夔牛，就剥下皮，用雷神之骨撑起做成一面大鼓，这鼓一播就"声闻五百里"，使远方的敌人胆战心惊。^②

昼夜的变化、四季的更迭，都是广义的气象。昼夜、四季的节律，直接制约人类的生息。种种神话缘此而生。

上古时代，主管春夏间万物生长的神名叫"女夷"。从她的名字看，是"东方女神"的意思。古代"夷"人住在东方，而东方是春天的方位。她敲着神秘的鼓（象征万物生长的节奏性），唱着悠扬的歌（象征成长的趋势），司掌着宇宙的和谐。在这向上和谐的状态里，"百谷、禽兽、草木"无一例外地长到各自的极限^③。到了明代笔记小说中，女夷更被确认为"花神"。诗意浓了，但原始神话的广泛暗示力量却变得贫弱了。^④

古代中国昼夜、四季的神话十分奇特，它认为有一个原始的动物神（而不是太阳神）控制着全过程。这位神叫烛

---

① 见《山海经·海外东经》。
② 见《山海经·大荒东经》。
③ 见《淮南子·天文训》及高诱注。
④ 见冯应京《月令广义·岁令一》。

阴，住在北极的一座山（有"钟山"和"章尾山"两种说法）里。那里是日照不到的"九阴"之地，烛阴神就衔着"火精"烛照世界，创造节律[①]。由于他混生着人面和赤色的蛇躯，具有照亮一切阴暗之地的神秘威力，故又名"烛龙"。他的眼睛是竖直的，和有些民族神话如彝族史诗《梅葛》所描写的第一代人类（后遭淘汰）相似。这一双竖眼有震撼天地的神力：眼睛一闭就是黑夜，眼睛一睁就是白昼。他不吃不睡，也不轻易呼吸，静默永恒地支配气象的变化。他慢慢呼吸时，就是夏天，他急剧呼吸时，就是冬天。他其大无匹，有千里之长；他镇定如常，随意指挥风雨；他照亮一切幽冥（"烛九阴"）[②]。但在其他民族气象神话中起作用的太阳，这里却根本没有提及。

与上古气象神话的特点相应，太阳神话在中国西周以后的民族精神中，没有取得支配地位，以形成类似印加、埃及、日本的太阳崇拜和丰富的太阳神话。而关于"风伯"、"雨师"的神话里虽有片断遗存，但他们的威力与烛龙却无法相匹。上古神话虽零乱片断，但片断之间，却有深刻的一致性。

---

① 见［宋］洪光祖《楚辞补注·天问章句》，中华书局一九八三年版。
② 参见《山海经·大荒北经》。

汉代以后，日月等天体渐被纳入烛龙神的功能系统：烛龙的左眼为太阳，右眼为月亮。光辉无匹的太阳，仍是烛龙的部分①。在烛龙这位全功能的气象之神兼天体之神身上，深刻体现了古代中国人关于自然现象交织作用的辩证看法，当然，这是一种神秘互渗的辩证观念。

六、动植物

古籍《山海经》，是动植物神话的秘藏。不仅在中国独一无二，世界上也是无与伦比的。鲁迅《中国小说史略》推断它是"古之巫书"，很有见地。但大量动植物神话和书中比比皆是的地理、风物的记载表明，此书内容并不单纯。

首先，书中的神大都具有奇特的动物形体，或为人兽同体的混杂型，或为夸张怪诞的纯粹鸟兽。如河神"冰夷"（《海内北经》），海神"禺京"、"禺强"（《大荒东经》），水神"天吴"（《海外东经》），园林神"英招"，沙漠神"长乘"，昼夜四季大神"烛龙"，镇山神"陆吾"（《海外东经》）等等，都有鲜明的动物素质。对神奇动物或动物神祇诸如此

———————
① 见鲁迅《古小说钩沉》所辑《玄中记》："北方有钟山焉，山上有石首如人首，左目为日，右目为月……"

类的描述,实际上是解释了和他们有关的自然现象和自然力。纯之又纯的、科学图解式的动物神话并不存在。因此,多种或实存或夸张或假设的动物栩栩如生,种类繁多,不能详举。以下仅以"九"为线索,略窥一斑。

"九"和"三"都是上古神话中的"神秘数"。"九州",中国的代称。"九天",是上层宇宙的别名。昆仑山则分为"九部"。上古原始女神"女岐"号称"九子母",因她未经交合,就生下了"九子"……与"九"的普遍作用相应,动物神话中有"九凤"、"九头兽"、"九头蛇"、"九尾狐"的神秘身影。九凤,是盘踞在北极天拒山上"九首人面鸟身"的区域守护神;九头兽,即守卫昆仑山的半人神兽;九头蛇,是沼泽神相柳。至于"九尾狐"则要复杂得多。《山海经·南山经》说它是个害人的怪物,"青丘之山……有兽焉,其状如狐而九尾,其音如婴儿,能食人"。但这发出婴儿般叫声的怪物,却又有一个与吃人的特性正好相反的长处:"食者不蛊。"这是说,吃它的肉能消灾免病。晋人郭璞注《大荒东经》时,侧重发展了它的优点:"太平(时代)则出而为瑞。"九尾狐变成了祯祥的象征。它的这一变迁,发生在整个秦汉四五百年间。原来,在东汉墓葬壁画中的九尾狐,已经具有镇邪守墓等新的神能了。九尾狐的命运,是神话演变的一个小小的路标。

　　在植物神话方面，《山海经》更是琳琅满目。《海内西经》、《海外南经》有"不死之树"的记录，而《大荒南经》则有一个"不死之国"，得名于国中盛产一种"甘木"，它的功能是"食之不老"。与此相似的"不死草"，还有一段相当动人的神话：这神草生在"南方"，相传大禹在会稽山上大会群神，防风氏因迟到被禹杀死，以示威天下。后来，当大禹巡经南方时，防风神（防风氏的臣属神）为主报仇奋起射击大禹，过后又因惧罪"以刃自贯其心死"。这忠义行为感动了大禹，他用不死草救活了畏罪自杀者，但由于防风神的胸部已被刺穿，所以，就形成了一个"穿胸国"的新种族。[①]《十洲记》说这"不死草"可在三日内使死者复活。它既不能使创伤痊愈，救人也受时限制约。这表明它还比较古朴，尚未"仙话化"。

　　此外，关于天梯建木、日树扶桑的植物神话也见于《山海经》。而《中次七经》里的"䔡草神话"还有美妙悠扬的变形神话的韵味——上帝的女儿死在"姑瑶山"上，化成了点点䔡草。䔡草的花色黄而温柔，叶子片片成双相叠，果实有如菟丝。它功效极妙，食之能获得异性的爱情。这飘逸着巫术意味的神话草，凝聚着初民的希望。使人联想到，帝女是否因失恋

---

① 见［唐］欧阳询，《艺文类聚》卷九六所引《括地图》。

而死，才化作爱情之草代偿遗愿？有如女娃游海溺死，化作精卫之鸟奋然填海……《山海经》注重动植物的神话传统，在汉以后的神异文学、笔记中不断发展。著名者如《聊斋志异》中的"狐仙"故事、《红楼梦》里的"花神"大会，皆其遗绪。

中国动植物神话，源远流长，多角度的研究，至今尚未展开；对其展示的中国民族心理的灵性世界，尚需探讨。但若以"迷信"一语蔽之，恐怕是草率的。

（七）人类起源

对宇宙、万物的渊源如此好奇的人，不可能不关切自身的来历。几乎每一则创世神话，都以人的诞生作为重要环节。造人，成了创世的必然延伸。正如汉族的创世神话略而不详，汉族的人类起源神话也是零星的。在这方面，其他民族的神话可以提供较多的参考。

人类起源的神话往往富于历史感，彝族史诗《梅葛》阐述了一种十分特殊的起源论：世界形成之后的人类产生，源于天神格兹苦撒下的三把雪。天神的第一把雪，生出了一种"独脚人"，身长只有一尺二寸。独脚人要双人相扶才能行走，以吞食泥沙为生，但无法在阳光下生存，终于被晒死了。第二把雪变成的第二代人类，身长竟达一丈三尺，他们身披树叶，生吞活剥各种生食，蜷缩在深深的岩洞里，一睡就是几百年，身上长满了青苔。那时天上有九日九月，日出一晒，足以烤焦牛骨头，晒掉斑鸠的羽毛。第二代人虽然躲在阴凉的岩洞里，也终究逃不过被晒死的厄运。第三把雪变成"直眼"人。这时天神格兹苦使天空只有一日一月，地上已有了芥子稻麦。但直眼人不会耕田种地，还肆意糟蹋粮食。天神极为不满，他派武姆勒哇神到凡间来"变换人种"，其结果是"横眼人"即现在人类的诞生。人类的出现，竟经历如此周折的试验、淘汰、筛选。这种观念，与大多数人类起源神话中一次性造人成功的叙述，有所不同，其情节虽与进化论的科学观念并不一致，但其精神内涵不乏相通之处。

仡佬族《四代人》的神话也对人类的层进性发展作了超自然的描述：从古到今，人共有四代。风吹一代，火烧二代，水淹三代，现在的人，要算第四代了。头代人是用泥捏的，因为大风刮个不停，把他们全吹化了。第二代人是用草扎的，结果遇到大火全都被烧光了。第三代人是星宿变的，又因洪水滔天，人几乎全被淹死了，只剩下了阿仰兄妹二人，由天神彻格让他们成亲，才繁衍了现在的人类。这种层进式的历史的推演，有助于说明"人"何以大大优于其他动物。这种观念，是一次性造人的神话难以解释清楚的。

　　珞巴族关于人类起源的神话比《梅葛》更接近自然生成的进化观念。《人和猴子为什么不一样》解释说，起初有两种猴子，一种是长尾巴的白毛猴，一种是短尾巴的红毛猴。有一天，红毛短尾巴的猴突然跑到一座大山上，把自身上的红毛拔了个干干净净，然后放到一块大岩石上，各自拿一块石头狠命地敲，结果意料不到竟然敲出了火。有了火，这些短尾巴猴就把弄来的食物用火烤熟了吃。从此，他们再不生吃食物了，身上也不再长出毛：他们变成了人。起初，人还有点尾巴，但越来越短，到后来就全部消失了。层进的、历史的神话观念接近进化观念，但并不等于进化观念，其神话要素仍居主流，原始人身上的毛，并非"拔下来"的，火的使用也不是从猿到人的动因。

　　还有一些神话富于细节上的解释意味。达斡尔族神话在回答人身上的污垢为什么不断出现时，简单而合理地说：因为人是天神用泥捏出来的。那么，为什么会有手足不全或五官有毛病的人？回答是，那是因为当初天神捏成各种泥人放在阳光下晒晾，忽然下起了大雨，天神急忙收拢他的这些"作品"，结果把许多泥人给碰坏了。人类的残废，被解释成天神所为。

八、英雄神话

各民族都有自己的英雄观念及其偶像，都流传着自己民族的英雄神话。英雄神话的内容极为丰富。它既是历史的影子，又弥漫着神话的遗存。英雄是半神半人的超人，英雄神话则是历史因子与神话因子互渗的有机结构。如许多氏族的洪水神话就融入英雄神话；而英雄神话又开历史之先河，错综复杂，形成与世殊异的风格。

在英雄神话中，神话与传说的互渗，体现在半神的超人上。有时他近乎凡人，仅仅是个勇冠天下的力士而已。有时，他又近乎天神，甚至兼具造物的神能。有时他则居中，或为神性英雄，或为氏族、民族的祖先。

英雄与天神的具体关系形式多变（或父子、或翁婿、或臣属、或敌对……），但总是十分紧密。有时，英雄即神，他的渊源能清晰地追溯到天地伊始和至高无上的创世神那里。

在那些不具天神资格的英雄身世中，超自然的来历和禀赋始终是一个突出的标志。人间英雄的诞生大多也是神异的。如夏祖大禹，是在其父死后三年从他肚子里剖生出来的。殷祖契，则是其母简狄吞服了"玄鸟"蛋后孕育出来的。周祖弃（后稷）的母亲姜原，到野外郊游，见巨人足迹而动情，踏之而受孕。禹、契、弃以及许多类似的农业文明的伟大创造者和英雄，在早期大多被作为神来崇拜，只是到了原始意识逐步消退，历史化的浪潮已经席卷整个神话世界之际，他们的人世英雄的性格（首先是伟大的祖先而后被推崇为无与伦比的发明创造者）才日益显著。

英雄不仅有神异的诞生，还有传奇色彩浓郁的生长史和惊人的成熟速度，更有特邀天宠的本事，能获得神给予的意外帮助。在英雄的命运中，"宝物"也是一个要素。他总是握有上天赐予的某种精神要素、意志、力量和超人的智慧与大勇，以及完成某一使命不可缺少的工具：如舜的璿玑玉衡、羿的彤弓素矰。

神话中的英雄形象，并非有意识的文学之笔，而是发自天真的自然之作。英雄形象和英雄事迹紧密相连，不仅透露出英雄的内宇宙的特质，还与英雄命定要对付的那个荆棘丛生的外宇宙发生千丝万缕的联系。英雄的形象也像他们的品格和能力一样不同寻常：有时，他们既无天上的渊源，也不像身负上天的使命；有时，他们并不孔武有力，天赋奇能。英雄的智慧与力量，常在平淡中透露，但不失其深度。

英雄与生俱来的伟大命运，经过成长和成熟，由于某一世俗事件的触发而发生注定要来的转折，迫使英雄走上不平凡的道路。这世俗事件，有时是必然的，有时则属偶然。

爱情，是凡人所经历的一种心理现象，但作为超乎常人的英雄，其命运也常受爱情的左右。爱情，常是英雄行为的一个强烈动机，为了充分实现自己的爱情，英雄必须冒着生死之险去经受种种考验。在上古神话中，帝舜的经历就是如此。尧舜禅让传说中就包含着"难题求婚型故事"的因子。舜在"尧之二女"（女英、娥皇）的帮助下顺利通过了"考验"——父（瞽叟）和弟（象）的三次致命迫害，取得了尧（岳父）的政权和帝女的爱情。而古史传说中的"帝尧"，正是一个历史化了的天帝。

在古籍《尧典》和《舜典》中，除了记载舜如何在一个"父顽"、"母嚣"、"象傲"的逆境中"克谐以孝"的杰出才能和特殊品格外，还记载了帝尧下嫁自己的女儿去试探舜的真诚。而在这一切都得到验证之后，还增加了一个新的考验式：仔细观察舜是如何全面处理五种人际关系（"五典"）——父子、君臣、夫妇、长幼、朋友；使舜安排各种国家事务（"纳于百揆"）看他采取行政措施的能力；命他兼管四方外交，看他能否胜任。当舜已顺利通过这些考验之后，又把他驱赶到荒野之中，直到他在"烈风雷雨"中毫不迷失方向，经受住考验才算结束。这些记载虽已相当深入地历史化、人文化了，但仍可看出原始考验的影子。

在原始氏族生活中，"考验"是成年仪式的重要内容。只有顺利通过这一仪式，才被正式接纳为部落成员，并享有参与氏族生活、娶妻生子的权利。而为应付考验所进行的诸多训练，则使届近成年的年轻人获得种种生活及自卫能力。凡此种种，注入神话，即构成"难题求婚"或英雄生活中的"爱情与考验"的主题。当然，英雄生涯中的考验，决不只是为了爱情的实现，更根本的在于英雄的自我实现。英雄的爱情，只是他们的自我的一部分。而在神话中，作为群体象征的英雄自我品格，既是人性的，又是超自然的。英雄神话中对分量最大的业绩的描述，实际上则正是叙说各种英雄是如何迎接命运的考验——完成了自己的英雄行为的。

英雄总是和英雄业绩一同出现的。在惊愕的世人面前，没有超乎凡俗想象之外的英雄业绩，也就无所谓顶天立地的英雄。英雄的业绩约有两类：一是"武功"，一是"文化"。武功者，以武力征服邪恶、驱逐妖魔；文化者，以文明的力量、技术发明的力量化育社会、福泽天下。英雄者，必有武功与文化为其表征。英雄神话的本质，即人的群体力量的延伸与扩张，它的神话性质，在于采取了神秘的、超现实人格化的形式。在必要的时刻，武力做不到的，就以智取；斗争不能达到的，就以谈判促成。英雄向人们显示了原始智慧——看待、适应、利用自然节律，显示了英雄不惜采取一切方法克服困难的姿态。

为此，他不惜舍弃自己的生命。

在古代神话中，英雄之死不乏悲剧性。鲧一心治水，不惜窃取息壤息石以救苍生，结果触怒天帝而被杀死的故事就洋溢着显见的英雄精神。刑天欲与天帝试比高，被砍掉了头颅，仍以躯干和四肢继续作战的形象，表达了初民的巫术思想与灵魂观念，还说明英雄的死亡虽是其行为的报应，但英雄的精神，并不以其肉体的、现世的失败而终结。这一永恒的特性，既可以刑天式超自然的"不死"形式体现，也可以鲧的精神复活于禹的身体，使禹的行为去完成鲧的未竟之业。

第六章　语言与仪典的科学

一、仪　式

　　神话是以语言为基础的传承现象，所以在神话研究中，神话与语言的关系特受重视，神话与仪式的关系易遭忽略。但在发生学上，仪式与语言却互为表里，离开仪式的神话，必游离，进而被"文学化"。

　　前文学化的神话发展，不仅受原始宗教观念的渗透，且以原始宗教仪式为基础，从而构成原始宗教活动的整体实践——说唱（神话）与表演（仪式）。神话开文学、音乐、诗歌等"时间艺术"之先河；仪式开戏剧、舞蹈、绘画等"空间艺术"之先河。这种双重构造，使神话的仪典性成为必然。仪典，即以仪式为依托的语言事典。可以为此作证的是，神话本身就记录着原始宗教活动。

在这方面，《山海经》堪称典范之作。如《海外北经》的一则神话就说明甚至连众神也极尊重仪式，期待以仪式获得世界的控制权：

共工之臣曰相柳氏，九首，以食于九山。相柳之所抵，厥为泽豀。禹杀相柳，其血腥，不可以树［五］谷种。禹厥之，三仞三沮，乃以为众帝之台。在昆仑之北，柔利之东。相柳者，九首人面，蛇身而青。不敢北射，畏共工之台。台在其相柳东。台四方，隅有一蛇，虎色，首冲南方。

这是说，水神共工的臣属沼泽神相柳，是长有人面的九头怪蛇。他食量惊人，一个头要吃掉一座山；他力大无匹，凡被他挤压的地方，就会沦为沼泽、豀谷。这位破坏力量的象征神，终为治水英雄之神禹所杀。但相柳死后，新的问题接踵而来：被杀死的恶神血腥有害，被他浸润过的土地，不再能种植作物（这是初民对沼泽地带有害的生活环境的象征性描述）。禹着力改良这沼泽之地，但三番五次失败了，于是他在上面建立了"众帝之台"。

"众帝之台"即是原始宗教仪式（如祭祀）的举行场所，亦即祭坛一类的建筑。禹立祭坛，显然是为了召唤超自然的力量。《山海经·中次七经》有段关于"帝台"（即"祭坛"）的记录可供参考：

苦山之首，曰休与之山。其上有石焉，名曰帝台之棋，所以祷百神也，服之不蛊。……东三百里，曰鼓钟之山。帝台所以觞百神也。

这是说，帝台上特殊的石头，有两个不寻常的功能：

（一）可通过这种石头的传导，向众神祈祷；

（二）佩带它，可以免受疾病的侵害。

而鼓钟之山是百神聚宴之地，鼓声与钟声，是为众神的欢宴伴奏用的。

综此表明，"众帝之台"具有降神、求福、祭祀等综合用途，是人神两界的会合点，又是众神在人间的行乐之处。对此，《中次十一经》的一段文字颇能佐证：

高前之山，其上有水焉，甚寒而清，帝台之浆也。饮之者不心痛。

这段文字与佩石免蛊之义同。表明帝台上的一切都具神圣性。

那么，禹何以不选择一更洁净的场所建筑这神圣祭坛，却偏偏选中那块血腥的沼泽？对此，《山海经》的第一注释者晋人郭璞提出的解释说："言地润湿，唯可积土以为台观。"是说因为沼泽地很潮湿，因而不宜于耕种，只能建造大型建筑——但这个解释却显而易见违反了常识。沼泽地不仅不能构筑台观之类的大祭坛，就连营建普通居室也难以承受。郭璞的解释既然不足信，那么，禹又为何偏要在此筑台呢？

这是为了镇压相柳的亡灵。

破译《海外北经》"相柳神话——众帝之台"的关键，在于理解"共工之台"的含义。

据《海内北经》记述，有一片巨大的祭坛群落曾经分布在昆仑神山的东北走向：

> 帝尧台、帝喾台、帝丹朱台、帝舜台，各二台。台四方，在昆仑东北。

可见，所谓帝台概有两类，一类是如《中次七经》所载的"鼓钟之山"那样大宴众神（"觞百神"）的"众帝之台"，它们具有"盟会场所"的性质；另一类则是各帝独占的"××台"，它们具有"神庙"的性质。《海外北经》中相柳所畏惧的"共工之台"，正与《海内北经》的神庙式帝台同属后类。它像其余帝台一样，是四方形的（对其余帝台的直接描写仅到此程度为止），具有明显的巫术性：在这四方之台的每个角上，各有一条"虎色"（长着虎纹）的蛇，头向着南方……用以镇妖辟邪。这又表明，相柳生前畏惧的神庙式帝台，也像相柳死后镇其亡灵的盟会式帝台，具有宴乐以外的战争性质。

上述的"帝台神话"尽管有些扑朔迷离，仍显示了神话的语言层面与仪式层面的血肉联系。如果脱离了仪式，那么，帝台神话将失去大部分意义，从而变得"零散"。而这"零散"二字，也正是以西方式的神话观来解读中国神话时，难免得出的结论。其关键在于，作为中国古籍神话极重要一翼的仪式本身，已基本失传了。结果，解读神话只能依赖语言层面的神话，即那些因游离于仪式而"零散"、"不系统"了的天书式文献。

二、信　仰

《山海经》（北次三经）中的"精卫填海"，曾被评论家等同于《列子》中的"愚公移山"，视为"不屈不挠精神的体现"。其实，这两则故事的性质差别，就与它们记录的时代的差别一样大：信仰时代的《山海经》与怀疑主义时代的《列子》，岂能同日而语？

精卫是一种外形颇似乌鸦的鸟，五彩的头，白色的喙，赤色的足。它住在一座名叫"发鸠"的山上，生息在满山遍野的柘树上。这种鸟相传是由炎帝的小女儿女娃变形而来。一次，女娃到浩瀚的东海边游玩，不幸失足淹死。她的亡灵就化作精卫鸟，每天衔着海西的山石投入东海，以平息大海的波涛……明眼人一望即知，没有"巫术"的信仰为内核，衔石填海的神话就无从产生激动人心的力量，精卫就只是一个发了疯但丝毫达不到目的的可怜虫。但事实上，精卫神话有一个为人忽略的功能：即解释渤海湾（"东海"）的海岸何以日渐向海中延伸。这正如《淮南子》中共工怒触不周山的神话，意在解释中国的地形何以西北高、东南低。这说明，精卫的填海是成功的，而这种成功，只能用巫术的信仰来理解。进一步说，没有这一信仰，精卫神话也就无从产生。

信仰先于神话，正如信仰先于仪式。神话的故事性和美术性，是对其信仰内核的象征式阐扬。故所有神话无不围绕一个象征的中心（英雄神或精灵）以滋生、发育。但神话的解释能力相对于神话的解释对象，却极有限，因此，其象征性大于实指性就毫不足怪了。这也正是破译神话的关键。如，神话中的"混沌"在实指意义上是没有的，故大雾、暴风雪循环的夜间，被绝对化为象征性的混沌。

光明使人的肉眼获得视象，信仰使人的心眼获得视角，据此二者，人形成对世界的总体印象。有了印象，人才确认世界的存在，结果，人把印象等同于世界……如此特性，越原始的心灵，表现得越显著，他们以高度的虔诚和想象，把这"错误"推向创造的高峰，其力量至今使人感叹不已。那一连串的白昼梦，甚至能折服现代灵魂，引领他获得艺术的乃至科学的启迪。其秘密，即在于神话的象征预先埋藏了艺术的乃至科学的直觉。所以，只要循恰当的方法，神话自不难演出高级的文化。只是由于缺乏有效的方法和技术，原始的力量才难以物化自己的梦。因此，描述世界，是通过描述自己的印象，描述产生这印象的原始心灵自身。

例如对"光"的描述即属此类。现代科学认为"光"来自天体提供的热能。但神话却推断，"光"先于天体。《旧约·创世纪》明确说，"光"产生于第一天，而天体则在第四天出现。光来自万能的造物主——这答案显系信仰的产物。在《新约》中，耶稣更对门徒一再自称是"世上的光"，显然，"光"是作为"信仰的象征"来运用的。所以，玩世不恭、嘲讽讥笑诸神的希腊人，就推断光是来自爱神的翅膀，这在以色列人看来，无异于是一种亵渎。

在中国，随着夏王的没落、日神信仰的败落，"光"也遭到了厄运。于是翦灭光的嚣张气焰的使命，便落在英雄羿的身上。针对太阳，他射落了九个三足乌；对月亮，他制作了一个蟾蜍。日月天体成了人手中的玩物。而日月本属一个势力庞大的天体神族，它们的父亲是最高天神帝俊。《山海经·大荒西经》说"日月山"是天的中枢，也是日月沉落的入口："大荒之中，有山名曰日月山，天枢也。吴姖天门，日月所入。"日月山是天庭的中心，可见日月的重要。《大荒东经》的"女和月母之国"的神话说，在这国土的东极，有一股神秘的"狻[音炎]风"托住日月，使它们相继出没，并控制时间的长短。现在，这一切不可动摇的法则都被这个射手一举毁掉。

这种"不合理"表明，信仰的变迁必在神话中留下印迹。

三、非仪典化

古希腊学者爱赫麦鲁斯认为，原始神话和英雄传说一样，只是真实的历史事件的一种退化的形式。神话中不可思议的形象与事件，只是对历史的夸大与讹传。尤其是传播过程中常见的损益、扭曲，更是神话产生的土壤。再加上一些聪明人有意利用并加剧人的这一童话倾向，以促进自身利益。今天，尽管这种解释神话的方法已被扬弃，但神话的非仪典化仍是一个需要面对的问题。所谓非仪典化，即是神话日渐剥离于仪式，并从圣典退化为文学的世俗化过程。实际上爱赫麦鲁斯的理论正是产生于希腊神话的非仪典化过程中。不过，他倒果为因，把神话的历史化，解释为历史的神话化。

中国神话的非仪典化，可以从黄河河神神话的演化线索中见出。

先民认为这汹涌无常、狂放不羁的大河，是由一个长着人脸、白色龙躯（这象征翻滚的白色浪涛）的神灵（《山海经·海内北经》）掌管着，它的威力令人畏敬。因此，早在殷代，就有祭祀黄河河神的仪式频繁举行，人们甚至把纯真的少女投入河中，献给"河伯"以博其欢心。直到"礼崩乐坏"，即神话的非仪典化达到极致的战国时代，西门豹利用政权的力量才禁止了这种令人毛骨悚然的人祭仪式。

这位嗜血的河伯名叫"冰夷"或"冯夷"。关于他的神话十分丰富。传说他经常兴风作浪、溺杀行人，后被上帝派来鼎革夏命的射神羿（降生为东夷族首领）射瞎了他的左眼，并劫其爱妻雒嫔（洛水河神）。堂堂英雄，竟劫夺女神，从情理上来看，似乎既不道德又不合理，所以《天问》对此大惑不解："帝降夷羿，革孽夏民。胡射夫河伯而妻彼雒嫔？"但在原始意识中，这却是一种雄性力量优越的显示；故如此"越权"，方显出英雄本色。《天问》之疑，显系战国"礼崩乐坏"即非仪典化过程的产物，而到两汉新秩序建立之后，确立了新的意识形态，对此老问题又有新的解答。王逸在《楚辞集注》中记载的一则神话，为新解答的典范：

传曰，河伯化为白龙（这应是河伯的原形），游于水旁，羿见，射之，眇其左目。河伯上诉天帝曰："为我杀羿。"天帝曰："尔何故得见射？"河伯曰："我时化为白龙出游。"天帝曰："使汝深守神灵，羿何从得犯汝？今为虫兽，当为人所射，固其宜也。羿何罪欤？"

这表面上是向神话仪典化的回归，实际却是神话非仪典化的深化。它显示，从《天问》到王逸的几百年间，天帝已从原始力量的主宰化为人世道德的仲裁；射神羿的神格尽失，成为一介匹夫；河伯的原形已化为一种人兽同体的变形，只是由于不适时宜的变形，他才挨打致残。以上三点表明，神话不仅难解了，而且被放弃了。中国的原始神灵，已失去贵族式的特权和"自由"（"贵族的无法无天"），而被迫进入一个以"天帝"为审判者的道德框架。

非仪典化的最后结果，是神话本身的消解；剩下的只是无仪式（如西门豹所为）的故事和非宗教的艺术。

神话首先是作为社会状态与"人际关系的结构"、人与自然的关系状态（如重商与重农，海洋性与内陆性）的一种象征式的表达。这样它就不再是消极的"反映"，而构成积极的"反应"。它在认识论上的功能，是服务于它在实践论上的价值的。也就是说，人们"认识世界"只是为了更有效地支配世界——"认识"，从来就不是被动地"照镜子"——这个道理对原始人和对现代人一样有效。所以，当人的认识能力逐渐超出神话的框架时，神话的解释效力就下降了。这导致非仪典化，即把神话的世界观退化为神话的"艺术"。

我们今天所能接触的大部分神话，都记录于非仪典化的过程中，其显而易见的后果，就是神话的结构大异于社会的结构，甚至正好相反。在中国例证和希腊例证的对比中，可以说明这一有趣的背反。

众所周知，中国社会早在公元前一千多年的殷代中、末期，就已形成了相当完备的社会组织系统和王朝国家机器。到周革殷命后，政治同质性进一步发展、完善，建成封国八百的社会政治体系。然而与这种社会现实形成鲜明对照的是，整个殷周时代，中国并未形成统一稳定的神话体系。也就是说，有体系的世俗秩序并未"反映"到神话的意识形态上。尽管早在殷代的王制中，"天无二日，民无二王"的观念已深入人心，但在神话的结构中，"多帝并陈"不相统领的局面，却始终一贯。甚至到秦皇灭六国之后的高度专制的时代，在宗教神话领域中，也未能形成"独尊"的格局，以致自命万世一系的始皇帝却要遵循自相矛盾的五德（即五种循环的帝德）始终说以立国。甚至到两千年后的《西游记》中，玉皇大帝的道教系统与如来观音的佛教系统，竟也互相杂糅；中国土著的精怪也与印度渊源的"神猴"结下不解之缘。

反观希腊，早在公元前八世纪中叶，赫希俄德的《神谱》就已奠定后世神话大观的系统基础。而当时的希腊社会，却仍处于氏族社会的分治阶段。阶级分化虽已开始如赫希俄德的《劳动与日子》所示，但整个希腊并未出现一个共主式的"王"，如殷王或周天子那样（晚期殷王已开始称"帝"——如"帝乙"、"帝辛"）。在希腊的早期城邦时代，虽有城邦之王的存在，但远未达到专制的程度。可在神话中，希腊不仅拥有一个统一的神系（与希腊各自为政、四分五裂的城邦状态相反），而且至高无上的主神宙斯在专制以外还很暴虐。

凡此种种反差当然不能以神话思维的"任意性"一语轻轻带过。

在神话仍具仪典性的民族那里，如古埃及人、《旧约》时代的以色列人、《阿维斯塔》时代的波斯人那里，其神话的结构则与社会结构相类。很明显，仪典性的神话负有解释社会权力结构的语言使命，并在仪式过程中灌输这一解释；非仪典性的神话则易于摆脱这一使命的束缚，而发生失去根基（即仪典性）的"变异"。由此看来，所谓"任意性的变异"，只是丧失了仪典性之后的神话给人留下的印象，且这种"任意"仍然受到多种因素的限制与支持。

四、神话的"科学性"

古代的神话，尽管在脱离了神话时代的人们看来是原始、幼稚的，是受超自然幻想和非理性认识支配的，但在产生、传播的当时，却是作为一种完整的世界观在积极发挥其社会功能，而决不仅仅是一种消遣娱乐的方式，如"文学故事"。用后来的认识标准衡量，神话与原始的迷信无异，但在当时，由于没有更有效的认识手段，也就不失为先进的认识体系。也正因为这样，原始神话才构成后来天文学、哲学、文学、医学以及几乎一切文化门类的共同出发点。

神话不是"迷信"。

孤立地看，神话与迷信也许没有分明的界限。所以要判断一个"神异故事"到底是神话还是迷信，就该到产生、流传它的社会背景中去深入考察。如果今天有人突然以违背常识的论调告诉人们，世界是如何如何奇迹般产生的，又如何以超自然的方式发展变化的——这并不构成"神话"，因为没有人会相信他。所以，与普遍信仰的紧密契合，才是神话与"仙话"、"鬼话"以及"疯话"的至关重要的差别。同时，这种被文化共同体普遍遵循的信仰，在当时当地的背景下，还应该是比较先进的，即具有某种认识功能上的"科学性"。

迷信则代表一个社会中相对落伍的认识。如原始宗教仪式，在远古时代表达了人们认识世界、控制环境的能力，在当时具有心理及社会的功能，不失为先进的思想。只是当科学已经发展起来，技术已能解决人生的难题之后，先进的思想才因停滞不前而流为泥古不化的迷信。这时再固守同类仪式，才是迷信的行为。

巫医的驱鬼治病的方法论，在现代技术条件下已是十足的迷信活动。但在上古时代，它也曾是先进的。它在当时条件下亦曾发生过医疗作用，否则很难设想我们聪慧的祖先为什么长期乐此不疲。只是当医学科学取得长足进步之后，它才逐渐被淘汰，变成有害的迷信了。

就神话而言，同样一个创世故事，记录在《旧约》里和流传于现代，其性质则完全不同。在三千年前的中东地区，创世神话可谓当时智慧对人类起源所作的大胆而灵性的猜测……但如有人在天文学、地质学如此发达的今日硬要宣称世界是耶和华在六千年前一手造出的，或在进化论、遗传工程已被普遍认可的当代，硬要坚执"男人是上帝用泥土做成，女人是上帝用亚当的一根肋骨做成的"——怎能不被讥为愚昧无知的迷信狂？甚至以顽固著称的梵蒂冈，也不再宣扬这些"神话"了，因为这已是众所周知的落伍思想。

真正的神话作为前科学时代的先进探索，具有某种"科学性"。落伍于科学，甚至反对科学（像中世纪"宗教裁判所"所为）的神话，就是有害的"虚假观念"。同理，现代迷信的传说，则如猴之不能进化为人一样，不可能再是科学世界观的先驱，而只是科学传播的障碍。所以从文化共同体发展的角度看，现代民间流传的神怪故事（或曰"新神话"）

只是人类精神的退化现象。

从仪典性的角度，去看神话的"科学性"，则可以发现：仪式与圣典综合而成的"神话"，具有以下意义：

1. 仪式（行为的神话），近乎远古意义的"科学实验"，人们以这种原始方法寻求沟通天地人的效果。用现代流行的说法，这叫"发现自然规律"。

2. 圣典（语言的神话），近乎远古意义的"理论证明"，人们以这种神秘语言达到世界支配力的峰极。用现代流行的说法，这叫"深入社会实践"。

可见，远古的神话思想与今日人们引为自豪的科学文明之间，确有一线相连。研究它，对弘扬我们的民族文化，大有裨益。

第七章　神话传说与现实生活

一、氏族传统的根

宏伟壮观的神话叙事巨构，并不是一下子建造起来的。它是原始生活错落、重叠的映像，也是原始灵魂迸射出的内在之光。其序列形成，也不是按照现存的故事顺序（从"天神创世"到"文化英雄"……），而是经历了错综复杂的周折以至"错位"和重构。今天所见的各种神话材料，不论是否还在流传或相对原始，都毕竟离开神话的原始形态十分遥远了。多种学科的交叉研究表明，在神话叙事上越是排在前面的内容，在神话巨构的发展上，反而可能相对晚出。原始人类首先注意的，是与自己的生活和生存环境紧密相关的事物，而后才逐渐把心智之光推向空间上较远、时间上较早的"宇宙"问题上。因而，在汉族上古（先秦时代）神话中，关于氏族起源的神话十分丰富，但关于整个人类起源的神话则付诸阙如（唐代才有）。关于具体事象（如日月等自然现象、火的使用和其他文化现象等）的起源不乏记述，但对宇宙总体的起源则很少直接描叙。天神创世等自然神话的产生，在事实上可能晚于文化英雄的社会神话。正如全宇宙性质的至上神，是在氏族神、部落神（地方性神祇）大量出现的基础上，才逐步形成并渐渐上升为人们崇拜信仰的对象。

在旧石器的早期和中期，人们还在散漫的游猎生活中徘徊，没有形成牢固的社会组织。神话一般具有的强烈群体性质和社会功能，在当时也就不可能像后来那么显著。到了距今一万五千年至一万年左右的旧石器时代晚期，尤其是到了新石器时代以后，定居的、大规模的农业生活，要求建立稳定的氏族组织，于是，群体对个体的约束力日趋强化。这种群体压力，是神话发展的沃土。

神话的广泛流传性与发展的契机，是片断、零星的独立神话，在社会交往日益频繁、人类群体日趋扩大的"增压"时代，扮演着日益重要的说明现实生活中增压趋势的角色。随着神话的影响力在氏族内部的日渐扩大，群体化成为氏族原始文化的基本特性。这时，神话日渐脱离个人幻想的小圈子，而成为整个氏族社会的共有精神财富。在各民族中，这一转变的出现意味着集体表象的语言化，尽管它并无整齐划一的时刻表。在不同部落与民族的神话历程上，起决定作用的是其社会、心理演化的自身阶段。这种阶段出现在不同民族生活中的具体时间，往往是不尽一致的。

事实上，神话的大量篇幅是叙述氏族与民族"根源"的，这满足了古已有之的"寻根热"，并且神化了部落的传统和生活方式，通过神话寄寓着对故乡的深厚的爱。

索伦人的英雄神话《来墨尔根》，通过对民族之根的追寻，对部族生活进行了合理化的解释。据说远古英雄来墨尔根以吃苔藓为生，后来他以弓矢游猎，架起篝火烘烤兽肉，取得了非凡的狩猎成就。黑龙江畔的野物渐渐稀少了，他便纵马到对岸寻觅猎物。他在高山之巅，看见一个独眼巨人；这巨人企图活捉狩猎的来墨尔根。在一场惊天动地的厮杀中，来墨尔根击败了独眼巨人。他回到部落，领着部族群体迁移到黑龙江西南方向（显然，他们迁移是受到巨人势力的威胁）。据说这就是后来的"索伦人"的祖先，而留在山顶上的，就是"鄂伦春人"。

在若明若暗的神话中，有一点暗示始终强烈而明晰，这就是"命运——环境——生活方式"对神话的构成、发展起了催化作用。对后人来说，神话无疑浓缩着一个原始民族（或一个文明民族的原始生活时代）的灵魂，记录着它的全部疑惧与希望。反过来，又起着稳定氏族和原始民族生活的作用。因为它的根本功能，乃是让人们安于这种年复一年的生活，把它视为亘古以来的常规与定命。

二、万物有灵的观念

神话的基本假定是"万物有灵"观念，即认为各种自然现象都有类似于人的生命和感情。在早期，万物被认为具有类似于人的生命，后来，随着人死之后的"灵魂"观念的兴起，万物还被认为具有类似于人的灵魂。这种文化心理，被学者们称作"万物有灵观"。原始灵魂的这种认识特点，不同于修辞上的"拟人化"，它不是比喻，而是对实存的描述。这种描述是原始人心中的真实。万物有灵观，投影于原始叙事的结构中，形成种种神话的奇观：

上古时候，天和地在不息的动荡之中，树木会走路，石头会说话。天地日月、石木水火、山川河流还没有形成，然而天地的影子、日月的影子、石头的影子、水火的影子、山川的影子、河流的影子已经出现了。（纳西人《人类迁徙记》开篇语）

赋予树木石头以生命，把天和地动态化——这一切来自原始人类在生活中形成的原始心理，它是各个原始民族共通的。因而，为后人提供了一批富有原始魅力的神话形象。白族《创世纪》这样描述遥远的洪荒时代：

> ……牛马会说话，猪狗会说话，鸡鸭会说话，飞鸟会说话；大地没有高山和海洋，人类也不分贫贱和富贵。后来，盘古、盘生两兄弟得到"庙中王"的指点，钓走了龙王的三太子，龙王震怒，降下七年大雨，淹没了大地。

从此，以大洪水为分界线，世界开始分化，物类开始有别。"大洪水"所含有的切断物种横向联系的功能，在此叙事中十分明显。这实际上是原始图腾制的衰落在神话中的表现。

图腾制的衰落、万物有灵观的式微，反映到神话中，形成一些原始色彩逐渐淡化的层次。如羌族神话《白石头》中有关白色石英石（在神话中是各种神祇的共同象征物和崇拜对象）来历的三种不同说法，就显示了原始性不断降低、人的自主性不断上升的渐变过程：

1. 一次，羌人被戈基人打败，躲在一个大岩洞内。戈基人追来，洞外突然涌起一片浓浓的白雾，戈基人的视线被遮蔽，找不见羌人，只好退了回去，羌人因此免遭覆灭的厄运。从此，白石头成了"白石神"（羌民的保护神），受到崇拜。

2.羌民迁过岷江上游，遭到当地土著戈基人的反击，羌人得到了"天神爷"木比塔的启示，用白石头击溃了以白雪团为武器的戈基人。白石头作为胜利的象征而受到羌人的供奉。

3.游牧的羌民，在河湟一带逐水草而居。为了回去时不致迷路，便在经过的各个山头和岔道口的最高处，放置一块白石头作为路标，白石头以其指路功能而受到敬重。

由此可以发现，《白石头》的上述三式所流露的原始意识并不相同：1式最富图腾意味和泛神色彩；2式已有一个确定的天神出现；而3式几乎尽失神灵观念，以人的智慧来装扮神话的表层，尽管其核心仍不失信仰与崇拜的要素。淡化的诸层次，积淀着原始生活演变的诸层面。

壮族神话《铜鼓的传说》，通过人格化了的铜鼓的爱情活动，展示出原始生活中神秘、浪漫的恋爱场景。

铜鼓被认为是"有生命的精灵"。白天他们端立不动，夜间就变得个个英俊威武，这些武士挎着刀剑，骑着黄猄，巡视山河，守卫村寨，驱赶虫兽妖怪。闲暇时候，他们就到歌圩和姑娘们对歌，到夜晚的火塘边谈情说爱。壮家村寨的河流，都通向大海，龙王的女儿爱上了铜鼓，他们经常在夜里相会。他们爱得太深了，直到保陀罗的金鸡叫了，才各回村寨。每天早晨，人们都见一道道湿漉漉的水印从河边延伸到寨子里，还发现铜鼓身上挂满水青苔。有的铜鼓实在受不了分别之苦，就去龙宫招赘，不再回来了。有的铜鼓则被情深似海的龙女拖住，想回也回不来。有些打鱼人潜到深水潭去寻找铜鼓，看见有的铜鼓被树根缠在塘底石洞中出不来，那缠铜鼓的树根，就是龙女的手变的。尽管人们用绳子把铜鼓拴上，铜鼓还是不断下海去幽会，人间的阻碍，割不断他们的情丝，扑不灭他们的爱情之火。

神话赋予铜鼓以人的情感，其中摇曳着原始生活的双重投影：物活论的神话与原始爱情的讴歌。

三、石器时代的写照

许多民族都有"石头会说话"的神话。石头具有灵性的神话观念，是古代石头崇拜的遗绪。这一崇拜不是"从天上掉下来的"，而是石器时代人类广泛与石头打交道时的生活体验。当然，这是变形的、动态的结构。十分生动地表现人与石头的神话，当推彝族《人类和石头的战争》。据说远古的创世之神，在开辟宇宙、诞生万物之后，又在山顶上造了石头，在滨河的平原上创造了人。因为石头是大地的骨干，所以天神给予石头自由，让它们能生长、能行动。于是石头就在山上繁殖起来，并时常从山上滚到地上……与此同时，天神觉得人是能繁荣大地的，因此，特别赐予人以智慧和权力，还许诺给人以永恒的生命——长生不死。于是，人就在平原大地上很快繁殖起来，白天耕种劳作，夜晚回家休息。天神看见他创造的宇宙已经繁荣，认为大功告成，就回了天庭。谁知人类只生不死，人口大增，平原不够了，就向大山开拓，凿坏了很多石头；石头也繁殖得满山都是，便决意向山下发展，有时竟滚到人类耕耘的田地里，砸坏了稻禾，砸伤了人畜。石头的横暴，触怒了农夫，他们把石头"打得粉碎"。石头觉得人类侵犯了它们，便变本加厉地进行报复。人与石头的斗争闹得秩序荡然，刚刚繁荣起来的大地又荒凉起来。这时，有位老人偶尔发现深山里埋藏着很多青铜，人们于是都到深山里去凿石开采，这更激怒了石头。在一个漆黑的夜晚，成千上万的大小石头从山顶上崩滚下来，毁坏了田园，砸死砸伤许多人畜。人类的哭喊惊动了天神，他不得不降临人间调解纷争。聪明的人类在天神面前哭诉石头的"残暴"，石头因为天神没给它们聪明，因此，噘着嘴一言不发。天神指责石头"打坏了田园、砸伤了人畜"，命令从此以后，永远不许石头再繁殖了。天神又对人说："若不是你们繁殖太快，也不会跑上山来毁坏石头。从此，你们每个人至多活一百岁。"这以后，石头不能再乱动，人类也不能长生不老了。

在这则神话中，石器时代向金属时代的革命性过渡场景跃然纸上。人与石头的战争结局，否定了石头作为生命的存在，对石头的崇拜，开始转换为赞叹青铜及其冶炼技术。而人与神的直接对话，则标志着人类高于万物的权利和地位已经出现了。

四、生存处境的折射

早期人类缺乏建筑的技术和力量，常依自然形势获得居住空间，其中，岩穴曾扮演了人类襁褓的突出角色。这可以从周口店人、山顶洞人以及许多岩洞遗址得到证明。这种生存环境，经过原始心理的过滤、夸大、神化，很自然地进入神话，并在生存环境（岩洞或"葫芦"）与"人种保存"之间建立起神话纽带。佤族神话《西岗里》即是一个明显的例子。"西岗里"一语可有两种解释：西盟一带说，"西岗"是石洞，"里"是出来，即是人从石洞里出来。沧源、澜沧等地说，

"西岗"是葫芦，"西岗里"即人从葫芦里出来。两种解释，都把佤族聚居地阿佤山视为人类发祥地：据说，利吉神和路安神，先后创造了天地，创造了日月，创造了动物、植物，最后才创造了人，并把人置于石洞之中。后来，木依吉神让小米雀"啄开"石洞，人才从石洞里出来。人刚出石洞，不会说话，不会种田，与动物为伍，"到处乱跑"。后来，人到了阿维，在阿维河里洗了手脸，才会说话了。在这则神话中，石洞这一原始襁褓被置于核心位置——与其说"石洞"、"葫芦"是母腹的象征，人走出岩洞和葫芦是生殖过程的象征，毋宁说它是穴居生活安全堡垒的象征。而人一旦脱离了洞穴，面向更广袤的世界扩张势力，原始文化的曙光就出现在地平线上。这时，他们会自动洗净脸上和手上的蒙昧，从旧石器的"蒙昧时代"跃入新石器的"野蛮时代"。这种体验是如此深刻，以致许多民族（如纳西族）的原始宗教都形成了著名的"灵洞崇拜"。被奉为灵洞的岩穴，具有氏族或民族发祥地的神圣性。

氏族的、群体的生活所面临的第一个问题，是如何协调内部秩序，维持必要的群体稳定性，这是原始法律的前提。脱离了物质洞穴的人，需要心理及社会行为方式等意义上的洞穴，来获得彼此之间的安全感。原始神话即构成心理上的洞穴，它以神圣的信仰来指示原始人；原始法律则构成行为方式上的洞穴，它以责任自负的法来规范原始人，二者常生奇妙的交融。

羌族神话《白云和石神》堪称此种结晶：远古时，有两个牧人，一个叫喀，身强力大，还很有钱；一个叫蔡家宝，又弱又穷，故而常受喀的欺凌和虐待。一次，喀把蔡家宝的牛偷吃了，蔡家宝找玉皇大帝告状。玉帝知道喀很狡猾，打开喀的口一看，果然牙缝里有碎牛肉。喀没办法抵赖，只得赔了一头牛。喀怨恨蔡家宝告他的状，便限令他交还欠债，又把利息加得很重。蔡家宝觉得喀欺人太甚，又跑到玉帝面前去告状。玉帝决心惩罚一下喀，便给他俩一根高粱秆、一条柳树枝，叫他们互相抽打，说谁的棒子先打断了谁就赢了。喀拿了那根高粱秆，一下就打断了；蔡家宝怕自己输了，所以就拼命地打喀，直至把那柳树枝打断，把喀打得遍体鳞伤！玉帝就这样惩罚了富人。

这则神话故事含有五个要点：（1）原始社会的民事纠纷。（2）原始侦查和司法程序的描写。（3）公正的部落（牧人群体）法官——玉帝形象。（4）玉帝对为富不仁的人的憎恶表明，氏族的分层尚不深刻分明，社会还未形成明确的等级制度。（5）神话的错落性、复杂性突出地表现在：高级宗教的至上神（玉帝）的表层下隐藏的却是一个原始的神，这从他的断案方式和惩罚方式上可以看出。这一形象显然来自羌族的原始生活，而并非是中原有文化的道士们的庄严道规。五个要点，相当全面地透露着原始群体生活的信息。

五、劳动与技术

技术的发展是原始生活的重要内容之一。按照历史唯物主义观点，正是技术与劳动生产力的发展，推动了原始社会向文明社会的全面转化，量变终于造成了质变。所有这些生活内容，都在神话里留下了印迹。傈僳族的《神匠》，正是在原始神话的"造人"情节中，渗入了技术至上、技术崇拜的精神，从而形成了一种特殊的风格：

古时有个神匠能做种种木偶。一天，他对妻子说："我要去山中削木偶，能叫他们走动、说话和饮食，还能生育，就和我们的形状一样。"妻子问："你真有此神技？"神匠说："我用神术削出的木偶和我们的形象一样，我要用这些木偶去传播人种。我让你们母女来辨认，若能分辨出我来，我就认输！"第二天，女儿去山中送饭，竟不能分辨出谁是父亲、谁是木偶，只得把饭分给大家吃。第三天妻子去山中送饭，大家都来拿吃的，她也分辨不出哪是丈夫、哪是木偶。她仔细端详，好不容易才看见一个人的鼻子尖上有些汗，就对他说："你能欺骗女儿，可瞒不过老妻！"十二个木偶于是退避到山林，和猿猴交配，产生出各种人类。傈僳族就是其中的一种，父亲是木偶，母亲是猿猴……

对技术的巨大创造力的这一神话认识，来源于原始生活的现实，是其业已发达的技术投影。

壮族的《巧匠造木人》与此相似，但注入了对妇女智慧的推崇。相传神匠把瑶族造在沟边，侬族造在半坡，苗族造在坡梁上。他自以为很聪明，想考一考妻子，看到底是男人聪明还是女人聪明。孩子给父亲送饭时，所有的木人一齐答应。孩子找不见父亲了。于是，母亲告诉孩子：你父亲造木偶很累的，你看谁的鼻子上有三颗汗珠，就把饭送给谁。女人就这样赢得了一分。丈夫不甘心，他把一根上下削得一样粗的木棍交给儿子说："你把它拿回去，叫你妈指出哪是树根，哪是树尖，明天带给我。"孩子把木棍交给母亲，母亲就用绳拴在木棍中间吊起来，树根重往下坠，母亲作好标记后叫孩子带给父亲。男人一看说："这女人的主意真多！"他一气之下，一把火把木人都烧了。住在沟边的瑶人，因地势低，被烧得漆黑，他们就喜欢穿黑衣服；住在半腰的侬人烧得不厉害，所以就喜欢穿蓝衣服；住在山顶上的苗人，被烧得到处乱跑，有的衣服被烧了几处，有的没被烧着，所以便有花苗、白苗之分：他们穿的衣裙有的是花的，有的是白的。

在原始智慧中竟有这么奇特的想象，真是令人叹服！而技术崇拜与女性智慧的贯通，则暗示这神话的背景很可能去古未远。

六、婚姻与风情

婚姻形态的演进，是原始生活的重要节律之一。在婚俗中，可以发现一个民族内心深处极为"本质"的精神要素。就神话而言，原始婚姻形态变化多端，因为它并未受到严格限定；但大体看，它约有"随机婚"、"父女、母子婚"、"普遍的兄妹婚"以及充满浪漫情调的"阿注婚"。阿注婚属于非血缘的相对自由婚，具有群婚向稳定的家庭制度（不局限于一夫一妻制）过渡的对偶婚特点。

（一）随机婚

傈僳族神话《岩石月亮》描写天神从一个葫芦里劈出一个

名叫西沙的男子，从另一个葫芦里劈出一个叫勒沙的女子。这两人都是长发披在背后，全身裸露，但他们已有羞耻观念，于是，他们找到浸得又烂又软的棕片围在腰间。两人站在烂泥塘里怎么睡觉？烂泥冰凉刺骨。勒沙终于想出办法："西沙阿哥，这样下去我俩都会活活困死，不如我躺在泥里，你睡在我身上吧！"西沙再三推让，勒沙泪流满面，再三恳求西沙"睡个觉"以"保全生命"，西沙被勒沙的泪水软化了，最后终于依从。并非兄妹血缘关系的一对男女，就这样结成了随机的婚姻。

（二）父女、母子婚

氏族内同辈之间的血缘婚，在近代原始民族那里已不是主要的婚姻形式。至于隔代的血缘婚，在生活中则以"乱伦"而耸人听闻。作为正式的乃至神圣的婚姻，在原始民族生活中很难寻觅。只有在神话中，在"民族潜意识的深层静态"的遗存中，还有可能发现这一原始生活的变形。它向文学家、原始心灵的探索者展示了一幅深奥莫测的心理图解。

鄂温克族洪水神话中的幸存者就不是通常所见的"兄妹"，而是父亲和他的亲生女儿。为了人类再生繁衍，那父亲便和女儿成了亲，生下七个儿子。这七个兄弟每人得到一个姓氏，成了再生人类的七氏族的先祖。

黎族洪水神话《黥面纹身的来源》认为，人类在大洪水后，只剩下母子二人生活在五指山上。母亲劝儿子外出去寻求配偶，儿子遵从了母亲的劝导。他翻过一座座大小山岭，涉过一道道长短河溪。从日出之地，走到日落之地；从河的上游，走到河的下游。但除了他母亲之外，再没找到第二个女人。母亲对儿子说："若是找不到配偶，人类可就要绝种了。我们母子俩分头再去找吧，你若是遇见了纹面女人就和她结婚吧。"于是，母亲向日出之地走去，儿子则向日落之地去找。路上，母亲用荆棘把自己的脸和浑身刺上许多花纹，又用漆涂上去，就变成了一个浑身布满花纹的女人。儿子按照母亲的嘱咐，就与纹身女人成婚。婚后，生了一个大肉团，儿子见是怪物，就用刀砍成三份抛弃在三个地方。奇迹发生了：肉里都是人，那最大的肉块人数最多，成为汉族的祖先；较小的成为侾黎的祖先；最小的就是本地黎，人数也最少。

（三）普遍的兄妹结婚

兄妹（或姐弟）间的血缘婚，是再生神话、始祖神话中婚姻的大宗样式。考虑到神话中业已出现"乱伦"的负罪感，对兄妹婚的描述何以长期未遭"变异"倒真是一个谜。很可能如前所述，是以原始的血缘婚来强调种族纯洁的神圣性。

当各民族已能较平等地相待和共处之后，特别是在落后民族对先进文化的向心力折射到神话中之后，血亲生子又被赋予了人类共祖、民族同源的性质。落后民族通过这种神话讲述，不仅获得了对先进文化民族的平等感，有的还为自己的不幸处境作出合理化的解释。

独龙族神话说，洪水退后，兄妹俩睡在一起，用一竹筒水隔在中间，但天亮时，那筒水不见了，一连几天都是这样，兄妹认为这是天神启示他们成亲。于是，在山上举行了滚石头的占卜仪式后，结为夫妻。婚后生下了九男九女，九男九女又结为夫妻，分别搬到九条江边去住。大的一对搬到察瓦隆江边，成了藏族；老二一对搬到怒江边，成了怒族；老三一对到了独龙河边，成了独龙族……就这样，独龙族神话自认为是藏族的兄弟，并不管藏族神话是否同意这种说法。

（四）阿注婚

在原始婚姻的前三式中可隐约感到的负罪感（表现为"为延续人类"不得已而为之），在非血缘婚并开始向家庭制度过渡的阿注婚的神话描述中，已荡然无存。阿注婚神话没有禁忌的意识及压抑感。

在永宁地区摩梭人中流传的关于黑底干木女神的神话，

充满诗情画意。"黑底"意为"永宁","干木"意为"女山"。永宁女山又称狮子山，它拔地而起，雄奇壮观，形似一头卧狮。神话充满对女神"阿注"生活的描写。女神十分美貌，五彩云霞是头巾，葱茏的树木是娥眉，轻柔的白雾是腰带，泸沽湖畔的珊瑚瑙是鞋子，绿茵茵的坝子是坐垫。哈瓦山（四川盐源县境）男神是她的第一个阿注，后来女神又与则枝山、阿沙山的男神交结阿注。几个男性山神亦曾为此而产生许多纠葛，甚至为争宠而动武。传说，托波山神是个英俊的汉子，每天傍晚他骑着白马，乘着彩云去与女神幽会欢娱，这时空中会传来串串悦耳的铃铛声，幸运的人甚至可以见到托波山神赶赴幽会的神秘情景。

阿注婚的神话之所以如此轻松浪漫，毫无沉重的禁忌与压抑，是因为它不仅存留于神话中，而且还继续作为一种"实存"流行于西南地区若干原住民族的生活中。阿注婚与前三式在现实生活中的功能差异，决定了其神话基本情调的不同。

七、原始宗教中的神话

在原始时代，宗教与神话是互为表里的连体。神话多在宗教仪式上念诵演唱，具有受全民崇奉的内涵。同时，宗教的、祭祀的内容也大量涌入神话,使之成为口头传承的原始氏族、部落或群体的信仰。原始宗教是原始社会中最重要、最有支配力的精神活动,许多原始艺术门类与之有千丝万缕的联系。它已构成原始人精神生活的中枢。

试以羌族为例。他们崇拜的主神是太阳之神,其次,是山神、火神、羊神等三十几种。各种神灵都以乳白色的石英石为象征,被分别供在地里、山上、庙里、屋顶上。供奉在屋顶上的白石,是天神的象征,它主宰万物,保佑人畜。石匠神、铁匠神、寨神和家神等社会性的神祇,也受到崇拜祭祀。此外,这一祭祀还具有图腾崇拜、祖先崇拜的性质。在原始仪式中,祭天神和山神最隆重。每年数次,含有祈求丰年的意味。祭祀时,全寨男女老幼必须参加,杀牛宰羊,举行祭祀。仪式由巫师——端公主持,他们虽然一般不脱离劳动,但已是职业的宗教活动家。诸如祭山、占卜、除病、驱鬼、还原、安葬以及敬神祝福等等活动,无一不需端公主持。他们通晓经典,谙熟神话,是民族、民间文学的传承者。

巫师的这一职能,在拉祜族生活中同样显而易见,他们被称为"摩拨"。每当人们遇到疑难、病患、不幸时,就请摩拨预卜吉凶,祛病驱邪,叫魂、送鬼;在红白喜事中,要请他们诵唱婚歌、丧歌。其中,"开天辟地、人类及万物起源"

等神话可说是保留节目。宗教活动对神话演播、保存以致发展民族叙事艺术的贡献，于此可见一斑。

纳西族原始神话及神话史诗，如《人与龙》、《找药》、《东猛妖》、《丁巴什罗》、《都支格孔》、《祖先的来源》、《人类迁徙记》、《黑白战争》、《哈斯战争》等不朽篇章，多数被载入《东巴经》里。《东巴经》里的神话及史诗，较之民间口头流传的更为完整而系统，保留着更为原始的形态，因而具有更大的价值。《东巴经》里纳西族巫师东巴们创造、传承、搜集、记录、集成的宗教经典，内容极为丰富，远不限于神话、史诗一端。但正是由于宗教经典的存在，使大量古神话得以拒斥时间的侵蚀而传诸百世。泸沽湖地区的摩梭人虽然没有文字，但其巫师达巴大多能背诵《人类迁徙记》，使这史诗广泛传播。一些老人受原始文化薰陶颇深，也能讲述史诗的梗概。

不少原始意味很强的神话，恰恰寓存于神圣祭典的唱词里。它历尽沧桑依然留存，是因为受到祭典神圣性的保护，不易遭到篡改，故而流传至今。黔西地区仡佬族的祭典唱词《十二段经》共四千余行，除去祈祷部分，创世史诗和训诲歌约占两千五百行。史诗包括《铁牛精那约》、《巨人由禄》、《阿仰兄妹制人烟》、《阿利捉风》、《打虎擒獐射羊》、《砍树造房》、《挖矿炼铁》、《找野果》等著名篇章。

　　神话不仅是宗教祭典上的史诗和民族节目上的唱词，而且，关于祭典与节目的起源本身，也多以神话方式予以说明。独龙族这样解释自己的周年祭神活动：从前，联结天地的是由"九道土台"组成的天梯。一天，英雄嘎姆朋到天上去"造金银"，他快到天上时，爬来了一只大蚂蚁向他要腿箍。嘎姆朋不给，还讥笑它说："你这小东西，腿那么细，要什么箍？"大蚂蚁听了返身就走，半夜，它邀集了许多伙伴，把土台子给扒松了，只听轰隆一声巨响，天梯崩溃了，天地从此分开了。正在天上干活的嘎姆朋，再也回不到地上。后来，他成了天神。不幸的是嘎姆朋一不高兴就会向人间降下灾祸，所以，独龙族每年都要祭一次天神取悦于他，免得他发怒降祸人间。

　　佤族曾经流行以人头祭神，祈求福报、庆祝丰收的习俗。《西岗里》神话对此进行合理化的解释说，当人们从培英然搬到立克时，各个原始群体决定各奔前程，为求得安全计，开始杀鸡供神。当时，洪水滔天，危及人类，于是，木依吉神要求人们砍下人头祭祀神灵。从此以后，人们杀牛供奉牛头，杀人就供奉人头。这么一来，地里的谷子就长得越来越好。

　　永宁纳西族支系摩梭人的祭神也与农业有关，很有美感。传说女神黑底干木庇护着永宁坝子，人丁兴旺，五谷丰登。

渐渐地人们只顾唱歌跳舞、饮酒作乐，不再劳作，也不敬神了。女神决定惩罚堕落的人类，就离开了永宁。女神走后，树木枯死，花草凋萎，庄稼受灾，瘟疫流行。为了生存，人们只得挑选最能干、最漂亮的姑娘祭祀女神，恳请女神重返故土。女神回来后，大地复苏。从此，每年七月二十五日都要隆重祭祀女神，以期永远得到她的庇护。

在这则神话中，荒芜与复苏的场景和巴比伦神话中青春女神伊斯塔尔因下降冥府寻找情侣植物神坦姆兹而导致大地荒芜与再度繁荣的场景颇相近似。在埃及神话和希腊神话中，也有类似的荒芜与复苏交替出现的故事，其主角是冥神奥西里斯和谷神得墨特尔。相传奥西里斯的被杀与复活，导致大地的荒芜与复兴；得墨特尔为寻求爱女而四处流浪与最终如愿，也曾使大地一枯一荣。类似的神话情节，可能发自原始心灵对四季变化的理解，但在摩梭人的神话中，显然游漾着不同于埃及、巴比伦、希腊的民族心态。在其他民族那里，神都是因为私事而致使大地枯荣，而女神黑底干木则是为了教育人类。她高踞于人类之上，公正威严而不失温柔与仁爱，几乎成了宇宙道德的化身。另一方面，其个性化的程度，也就不及"因私废公"的诸神那么深刻。

八、神话与巫术

原始生活中的巫师与神话之间的血肉联系，不仅在于巫师是神话的保存、传承和发展者，还在于巫师的活动有时会直接汇入神话的叙事。这在东北地区信奉原始萨满教民族的神话中十分突出。

"萨满"意为"因兴奋而狂舞的人"，即具有特殊法力的巫师。鄂温克神话《伊达堪》（意为女萨满），描写一位法力无边的女萨满米凯斯克，说她能驾驭火力，能带着大鼓、法衣、神镜、木杖和香草等法器跃入由十车木柴烧起的熊熊烈焰而旋转腾跳。当火势渐弱时，她便忽地不见了。人们都以为她被大火烧死了，讥笑她没有真法力，谁知突然间，一件件神器从火堆里飞了出来，随后，女巫师米凯斯克也从炽热的火堆里一跃而出。为什么女萨满具有如此的"神通"呢？原来，萨满教认为，保护氏族生活的"萨满神"指派或化身为"巫师萨满"，作为萨满神的代言人即原始氏族生活中的人格保护神，萨满被认为具有神能和神赋之力。有的神话对氏族原始生活的指导者——巫师进行神化，乃至认为在萨满出现以前，人像动物一样，穴居野处，人畜一起嚼食青草。这种说法，显然不可能是对远古生活的"回忆"，因为再原始的人类都不可能以食草为生。传说那时负载人类的大地小得只有沙丘那么大，后来，东方出了个萨满，才把地球变大了，人畜才得以分开居住。又说，"创世的萨满，住在太阳升起的地方"，是个白发苍苍的老太婆，她是巨人，身上有两个硕大无匹的乳房，人类所有的婴儿都由她哺乳养育。

大萨满显然具有神格，正是这种神格，成了各种氏族信仰中萨满巫师的力量之源，也成为神话叙事久久回味的题材。不仅东北地区如此，西南地区也概莫能外。

水族神话《太阳和月亮》表现出原始心理极度重视巫术和巫师的法力。传说远古时，天上有两颗又圆又亮的巨星，一个热，一个冷，但它们都在天际一起运行。后来，巫师腊亚要娶人间姑娘"太阳"，但姑娘已钟情于小伙子"月亮"。巫师腊亚强迫太阳姑娘嫁给他，但姑娘誓死不从。巫师为了占有姑娘，就把太阳和月亮分别拘禁在天上那"两个大星星"里，姑娘在冷的那个上，小伙子在热的那个上。姑娘耐不住寒冷，要巫师把她换到那个热的星星上。但腊亚不愿意叫他们在一起，就把小伙子换到冷的那个星星上。但这一对炽烈的情侣整天恋恋相望，有说有笑，一起在太空旋转遨游。这腊亚巫师妒火中烧，再施魔法，他命令（实为运用咒语）姑娘住的那个星星白天巡行（成为太阳）；小伙子住的那个星星夜晚巡行（成为月亮）。从此，这一对可怜的恋人就被活活分离，再也碰不到一起了。

　　这则神话在很大程度上已经世俗化、故事化了，这个巫师的所作所为与不少民间故事中的恶霸行径颇为相似；但其神圣性剥落之后的法力，却是世俗的恶霸所不具备的。

　　在原始生活中，念诵咒语是一种重要的巫术行为，即语言巫术。咒语有两类，一是祈求性的，接近"白巫术"，目的在于获得某种东西或力量。这种根深蒂固的原始信仰，在神话中多有记载。如纳西族英雄从忍利恩接受天神指派的砍伐九片森林的任务后，就拿了九把大斧，分放在九片森林之中，口中念念有词："白蝴蝶来做工，黑蚂蚁来做工，利恩自己也做工。"巫术（放置斧子）与咒语并用，果然迅即砍完了九片森林……初民对咒语的信仰，在神话中得到了鲜明的表现。另有一类咒语是诅咒性的，接近"黑巫术"，目的在于破坏某种东西或力量。在彝族神话《洪水潮天》中，天神恩梯古兹下嫁女儿时，把各种东西给她做嫁妆，只把无根菜遗忘了。后来天神想起来就派人送下去，这时，一个老太婆对天神说："你女儿早把无根菜偷来种在田里，已经长起好高了。"天神对女儿的行为很生气，就念起咒语说："愿人们栽的无根菜长得像石头一样，吃的时候像水一样，吃饱的时候大喘气，饿的时候浑身抖。"后来人们吃无根菜时，果如天神咒语所说的那样。天神的咒语使人类永蒙苦难。

咒语还可以作为战争工具使用。珞巴族神话《阿巴达尼和阿巴达洛的矛盾》，描写两兄弟用巫术斗法，生动地体现了咒语的力量：达尼追赶达洛，他们围着屋子里的火塘转了三圈，达洛急忙推门闯出屋子。达尼紧追不舍，他们又围着新挖的核桃树坑转了三圈，突然，达尼在后边喊道："地裂开吧！地裂开吧！"这咒语的魔力使大地真的裂开了。达洛一下子掉进了地缝里，达尼随手捡起一颗核桃扔进地缝。就这样，他把达洛驱赶到幽深的地狱。咒语的强大力量，真可说是无所不在、无所不能——这正是原始生活和原始心灵中的"真理"。

第八章　神话传说的文化象征

　　神话传说深刻表达了创作者和传播者的世界观，同时，这一表达多采取形象的、故事的方式，结果，赋予神话传说以重要的文化象征性。所谓"象征"，即"用具体事物表示某种抽象概念或思想感情"（见《辞海》"象征"条）。这是指有意识的艺术象征手法。然而，作为无意识的文化象征，却远为广泛。例如，对于信仰神话的人们来说，他们崇拜的女神，就决非个性化的女性，而是寄寓了民族的理想；他们的女神神话，不是艺术的杜撰，而是文化精神的隐喻。

　　在这方面，中国古代的神话文献为我们留下了大量的记录。例如，中国女神世界在名号与身份方面所表现出的极度错落的混乱，就凸显了古代中国人相当自由散漫的文化性格；再如，女神世界的模型，与中国文化的其他模型又有惊人的吻合。凡此，都极有趣。

尽管刘向的《列女传》已断言，正史中的帝尧二女娥皇与女英即是《楚辞·九歌》中的湘君与湘夫人，我们仍然可以发现这两组名号并不雷同。她们可能有重叠，但却不是完全重叠。尽管法国学者马伯乐和《古史辨》以来的研究者，已经考证了古史神话的帝王将相是从原始神话的天神地祇演化而来，但仍有足够的迹象表明，两者之间只存有演化关系，而不是等同关系。演变的实况复杂到了"歧路亡羊"的程度，即，演化过程不仅保留了原始的神，也消亡了原始的神。

中国古籍所现的女神世界正是如此：同一神名下常常寓藏着不同的神格、迥异的神迹。"女娲"名下的先秦内容（见《山海经》与《天问》）与西汉内容（见《淮南子》）大相径庭。前为创世之神，后为救灾超人。与这种名实不符的情况相反，相似的、同一的神格，也同冠两个甚至多个神名。在我们下面将要涉及的"人祖的女神"一类中，这种情况屡见不鲜。究其原因，盖因"人祖的女神"涉及多个人类集团的多重社会利益，故难免语出多门而纷杂并陈。好在神名的重叠与嫁接，并不妨碍我们揭示女神世界的残存事迹及其透露的文化风格。

现存材料里的中国古籍女神（以下简称"中国女神"或"女神"）分属三种基本类型：一为原始的神；二为巫术的神；三为人祖的神。三类女神又有互渗关系，有的甚至一身而跨三界，经历了"原始的神—巫术的神—人祖的神"的演化。如汇集在女娲名号下的神格，就是如此。而女歧则兼有原始之神与人祖之神的双重身份。

神格是一种观念，神格的演变是观念的演变。分类，因而成为后人理解古神话时常常借助的工具。分类迹近所谓"判天地之类，析万物之理，察古人之全"（《庄于·天下》），是出于简化的需要。

一、原始的女神

一般认为，原始的神主要是那些象征自然力量的神。原始女神也是这样，她们活现于许多民族的神话世界。但在中国古籍神话的遗存材料中，原始女神却屈指可数，觅其佼佼者，不过七位而已。

（一）女　娲

女娲有体，孰制匠之？（《楚辞·天问》）王逸注："传言女娲人头蛇身，一日七十化。"

黄帝生阴阳，上骈生耳目，桑林生臂手：此女娲所以

七十化也。（《淮南子·说林训》）

有神十人，名曰女娲之肠，化为神，处粟广之野。（《山海经·大荒西经》）郭璞注："女娲之肠，或作女娲之腹。"

往古之时，四极废，九州裂；天不兼覆，地不周载，火爁焱而不灭，水浩洋而不息。猛兽食颛民，鸷鸟攫老弱。于是，女娲炼五色石以补苍天，断鳌足以立四极，杀黑龙以济冀州，积芦灰以止淫水。苍天补，四极正，淫水涸，冀州平，狡虫死，颛民生。（《淮南子·览冥训》）

女娲补天射十日。（《尹子·盘古篇》）

女娲是中国女神中最复杂的一位，以上五段资料表明，她拥有多重神话与传说身份，她的生活富有传奇色彩，但本人并没有爱情生活，甚至没有一点材料可以表明，她有过性生活的痕迹。这与其他民族的原始女神比较，是很奇特的。

（二）西王母

西海之南，流沙之滨，赤水之后，黑水之前，有大山名曰昆仑之丘。有神，人面虎身，有文有尾，皆白处之。其下有弱水之渊环之，其外有炎火之山，投物辄然。有人戴胜，虎齿，豹尾，

穴处，名曰西王虎。此山万物尽有。（《山海经·大荒西经》）

西王母梯几而戴胜杖，其南有三青鸟，为西王母取食。在昆仑虚北。（《山海经·海内北经》）

玉山，是西王母所居也。西王母其状如人，豹尾虎齿而善啸，蓬发戴胜，是司天下之厉及五残。（《山海经·大荒西经》）

披发威猛的西王母，在《山海经》所记述的神话里，是远离人性的。到了《穆天子传》和西汉的若干传奇中，一变而为美丽的人形母后。但不论是作为威武的兽形神，还是作为雍容华贵的人形母后，她本人都没有品尝过爱情之果。前一个形象太威严、恐怖；后一个形象又过于尊贵——以各自的风格与"爱"疏离。

（三）羲　和

东海之外，甘水之间，有羲和之国。有女子曰羲和，方浴日于甘渊。羲和者，帝俊之妻，生十日。（《山海经·大荒南经》）郭璞注："羲和盖天地始生，主日月者也。故《启筮》曰：'空桑之苍苍，八极之既张，乃有夫羲和，是主日月，取出入，以为幽明。'"

日神羲和，到了历史化的《尧典》中，已变为掌管历法的职官，不仅神格失去，连女性性别也失去了。

（四）常　羲

有女子方浴月。帝俊妻常羲，生月十有二，此始浴之。(《山海经·大荒西经》)

（五）雒　嫔

帝降夷羿，革孽夏民。胡射夫河伯而妻彼雒嫔？ (《楚辞·天问》)

（六）女　夷

女夷鼓歌，以司天和，以长百谷禽鸟草木。(《淮南子·天文训》)高诱注："女夷，主春夏长养之神。"

（七）女　歧

女歧无合，夫焉取九子？（《楚辞·天问》）王逸注："女歧神女，无夫而生九子也。"丁晏笺："女歧，或称九子母。"

正如以上古籍神话透露的，像日神羲和、月神常羲、河神雒嫔、生长神女夷、人祖神（自然型的，区别于以下所述的社会型人祖神）女歧等一系列女神，她们或有丈夫而生育（羲和、常羲），或没有丈夫而生育（女歧），或不知有无丈夫也不知有否生育（女夷）……她们或有生育行为（羲和、常羲、女歧），或没有关于生育行为的记录（雒嫔、女夷）——但在本题范围内却有一大共同点：她们在爱情生活的记录上都是一片空白！这七位原始女神的生活与爱情便是如此。

二、巫术的女神

巫术女神的神话，在一定程度上已经渗入了对人力的崇拜。只是被崇拜的人力，仍然采取了超自然、超人类的形态。她们的表现，不及原始女神们那么神秘，因而较易为现代人的"理"所"解"开（"理解"）。她们的生活与爱情又是怎样一番情景呢？

（一）天女魃

蚩尤作兵伐黄帝，黄帝使应龙攻之冀州之野。应龙畜水，蚩尤请风伯雨师纵大风雨。黄帝乃下天女曰魃，雨止，遂杀蚩尤。（《山海经·大荒北经》）

天女魃具有战士的风格，很像一位谋划于战阵之上的巫师。这种巫师，甚至在《西游记》中仍以国师的身份主宰着人们的命运。她具有决定性的力量，但这种力量却是毫无情义的。我们不知道天女魃的其他生活场景，根据现有的材料，我们只能说，她同样既没有婚姻又没有爱情。

（二）姮 娥

羿请不死之药于西王母，姮娥窃以奔月，怅然有丧，无以续之。（《淮南子·冥览训》）高诱注："姮娥，羿妻。羿请不死之药于西王母，未及服食之，姮娥盗食之，得仙，奔入月中为月精也。"

　　姮娥所窃取的，显系一种具有通天法力的巫药，与《山海经》中所述及的多种神药相似，同具"超自然的力量"。"渴望攫取超自然的力量"，是人们对巫术活动的现代评估，而非原始人自己的意识。在原始心灵中，巫术并非超自然之举，而是一项富于现实意义的活动。有趣的是，灵药与巫术虽能赋予姮娥以超绝的神力，但这却是一种注定使她与爱情（甚至是与异性）永远隔离的力量。婚姻的得而复失，使她成为追求独立性的那种女性典型的神话象征。至于她的婚姻是否基于爱，则是我们无从得知的一个秘密。姮娥的神话也从未涉及这个主题。

（三）精　卫

　　发鸠之山，其上多柘木。有鸟焉，其状如乌，文首，白喙，赤足，名曰精卫，其名自詨。是炎帝之少女，名曰女娃，女娃游于东海，溺而不返，故为精卫。常衔西山之木石，以堙于东海。（《山海经·北次三经》）

　　死后化为异物的观念，起源极古，不乏巫术意味。因并非人人死后都能得此生命的延续，唯富有法力者，有此特殊

159

命运。现代人在面对"填海"的壮举时，仅视之为意志的表现，其实，精卫填海并非是空头泄愤，而有实际功效，即含有巫术功能。作为处女死去的炎帝少女，死后还保有生前之感情。死亡与变形，并未促使精卫大彻大悟，转而寻求幸福。因此，这种感情是复仇的，而非爱恋的。

（四）瑶姬

赤帝女曰姚姬（姚，瑶之假借字），未行而卒，葬于巫山之阳，故曰"巫山之女"。楚怀王游于高唐，昼寝，梦见与神遇，自称是巫山之女，王因幸之。遂为置观于巫山之南，号为朝云。后至襄王时，复游高唐。（《文选·高唐赋》注引《襄阳旧传》）

这段传说以其隐蔽的泄欲功能而受到历代的偏爱。其中的瑶（姚）姬女神通过致人于巫境而满足了生前的遗愿。这种笔法在历代传奇小说中均有大量运用。这显示了一种怎样的心理状态？在另一处，瑶姬则自述说："我帝之季女也，名曰瑶姬，未行而亡，封巫山之台，精魂依草，寔为茎之，媚而服焉，则与梦期，所谓巫山之女，高唐之姬。"① 显然，这里的瑶姬事迹近《山海经·中次七经》所记载的"帝女之尸"：

> 姑瑶之山，帝女死焉，其名曰女尸。化为䔄草，其叶胥成，其华荂，其实如兔丘，服之媚于人。郭璞注："为人所爱也。传曰：人媚之如是。一名荒夫草。"

帝女死后，其尸化为"䔄草"，"服之媚于人"。（"䔄"与"瑶"同音，这可能对瑶姬的神话发生了影响。）

瑶姬是一位处女，没有实现她的女性使命便夭折了。她"精魂依草"，使䔄草获得了巫术之神力。按照《山海经》的说法，服食䔄草可以在别人心目中变得妖媚动人，富于性感。照《襄阳耆旧记》的说法，怀着艳欲服下瑶姬之草，则能与瑶姬在梦中幽会（合）。综上所述，死去的瑶姬通过"精魂"所依附的䔄草，把未了之愿传送给世人，以巫术间接实现了自己的女性使命与宿愿。这在中国神话中，是涉及爱情的珍稀片断，尽管这只是梦欲中的幽合而非行动中的做爱。

---

① 《太平御览》卷三九九引《襄阳耆旧记》。

（五）女　丑

有人衣青，以袂蔽面，名曰女丑之尸。（《山海经·大荒西经》）

女丑之尸，生而十日炙杀之，在丈夫北，以右手鄣其面。十日居上，女丑居山之上。（《山海经·海外西经》）

应该说，这两则神话过于简单，今人已很难窥见其具体含义。只知道女丑与十日之间存在对立关系，十日烤死了她。女丑的"衣青"，"以袂蔽面"，"以右手鄣其面"等神话造型，似乎含有与十日抗衡的巫术意味。当然，女丑的行为有刚健的英雄色彩，但绝无柔媚的女性气质。

（六）娥陵氏

女娲氏命娥陵氏制都良管，以一天下之音；命圣氏为斑管，合日月星辰，名曰充乐。既成，天下无不得理。（《世本·帝系篇》）

在原始生活中，巫术即科学，巫师身兼文化英雄（创造发明者）的身份。这在娥陵氏女神的神话中表现得再清楚不过了。在这里，"都良管"、"斑管"，不仅是一种物质的乐器，而且是神圣秩序的精神象征。不幸的是，这是一种容不下（或不表现）个人感情的秩序，因此，娥陵氏与她的主人女娲氏一样，只有合乎伦常的公共生活而没有发自天性的爱情生活。她的艺术也不是出于禀赋，而是来自君王之命。

上述六位巫术女神，只有一位曾有过婚配，但又旋即离异。还有一位多情的少女，只能在死后用灵魂通过巫术去品味爱情。"神"尚且如此，那么，人的生活与思想又将如何？

三、人祖的女神

人类力量的扩张，使他日渐自信起来。这种心情投射到神话的宇宙中，便演绎出许多社会神话和人祖神话的活剧。随着自我中心意识的强化，人们越来越崇拜自己。这种自我崇拜所采取的逃避经验检验的最佳途径，就是祖先崇拜。古代中国的祖先崇拜特别发达，与此相应，人祖的女神也大大多于前面两类女神的总和。

（一）华　胥

大迹出雷泽，华胥履之，生宓牺（即伏羲）。[1]

（二）女　登

炎帝神农氏，姜姓。母曰女登，为少典妃，感神龙而生炎帝。人身牛首，长于姜水，因以为姓。（《史记·补三皇本纪》）

少典妃安登游于华阳，有神龙首感之于常羊，生神农。（《春秋纬·元命苞》）

（三）附　宝

黄帝母附宝，见电绕北斗，枢星光照野，感而孕。（《竹书纪年》）

---

[1]　《太平御览》卷七八引《诗纬含神雾》。

（四）嫘　祖

黄帝元妃西陵氏曰嫘祖，以其始蚕，故又祀先蚕。（《路史·后纪》卷五）

帝周游行时，元妃嫘祖死于道，帝祭之以为祖神。[①]

黄帝妻雷祖，生昌意，昌意降处若水，生韩流，韩流擢首谨耳，人面豕喙，麟身渠股豚止，取淖子曰阿女，生帝颛顼。（《山海经·海内经》）

（五）女　节

黄帝时，大星如虹，下流华渚，女节梦接，意感而生白帝朱宣。宋均注："朱宣。少昊氏。"[②]

（六）庆　都

尧母庆都与赤龙合昏，合伊常，尧也。（《竹书纪年》）

---

① 《云笈七签》卷一〇〇辑《轩辕本纪》。

② 《玉涵山房辑逸书》辑《春秋纬·元命苞》。

（七）女　皇

尧取散宜氏之子，谓之女皇。女皇生丹朱。（《世本·帝系篇》）

（八）登比氏

舜妻登比氏生宵明、烛光，处河大泽，二女之灵能照此所方百里。一曰登北氏。（《山海经·海内北经》）

（九）娥　皇

有人三身，帝俊妻娥皇，生此三身之国。（《山海经·大荒南经》）

有虞二妃者，帝尧之二女也，长娥皇，次女英。（《列女传·有虞二妃》）

（十）女　枢

帝颛顼高阳氏，黄帝之孙，昌意之子，姬姓也。母曰景仆，蜀山氏女，为昌意正妃，谓之女枢。金天氏之末，女妃生颛项于若水。①

（十一）滕坟女禄

颛顼娶于滕坟氏，谓之女禄，产老童。（《世本·帝系篇》）

（十二）根水骄福

老童娶于根水氏，谓之骄福，生重黎及吴回。吴回氏产陆终。（《世本·帝系篇》）

（十三）鬼方女隤

陆方娶于鬼方氏之妹，谓之女隤，是生六子。孕三年，启其左肋，三人出焉；破其右肋，三人出焉。其一曰樊，是为昆吾；二曰惠连，是为参胡；三曰铿，是为鼓祖；四曰求言，是为邻人；其五曰安，是为曹姓；六曰季连，是为芈姓。（《世本·帝系篇》）

---

① 《大平御览》卷七九引《帝王世纪》。

（十四）阿女缘妇

炎帝之孙伯陵，伯陵同吴权之妻阿女缘妇，缘妇孕三年，是生鼓、延、殳。殳始为侯，鼓、延是始为钟，为乐风。（《山海经·海内经》）

（十五）女　嬉

禹父鲧者，帝颛顼之后，娶于有莘氏之女，名曰女嬉。年壮未孳，嬉于砥山，得薏苡而吞之，意若为人所感，因而妊，孕剖肋而产高密。家于西羌，地曰石纽，石纽在蜀西川也。（《吴越春秋·越王无余外传》）

（十六）简　狄

简狄在台誉何宜，玄鸟致贻女何喜。（《楚辞·天问》）

殷契，母曰简狄，有娀氏之女，为帝誉次妃。三人行浴，见玄鸟堕其卵，简狄取吞之，因孕生契。（《史记·殷本纪》）

《淮南子·坠形训》："有娀在不周北，长女简翟次女建疵。"

（十七）姜　原

　　周后稷，名弃。其母有邰氏女，曰姜原。姜原为帝喾元妃。姜原出野，见巨人迹，心忻然说，欲践之，践之而身动如孕者。居期而生子，以为不祥，弃之隘巷，马牛过者皆辟不践。徙置之林中，适会山林多人，迁之；而弃渠中冰上，飞鸟以其翼覆荐之。姜原以为神，遂收养长之。初欲弃之，因名曰弃。（《史记·周本纪》）

　　《史记》所载的这段"历史"，是从《诗经·大雅·生民》和《楚辞·天问》中的有关神话翻版而来的。以神话、传说、故事入史，可以说是中国"信史"的一个传统。

　　稷维元子，帝何竺之？投之于冰上，鸟何燠之？何冯弓挟矢，殊能将之？既惊帝切激，何逢长之？（《楚辞·天问》）

　　厥初生民，时维姜嫄。生民如何，克禋克祀。以弗无子，履帝武敏歆……诞置之隘巷，牛羊腓字之。诞置之平林，会伐平林。诞置之寒冰，鸟覆翼之。鸟乃去矣，后稷呱矣。……（《诗经·大雅·生民》）

（十八）女脩、女华

秦之先，帝颛顼之苗裔孙曰女脩。女脩织，玄鸟陨卵，女脩吞之，生子大业。大业取少典之子，曰女华，女华生大费，与禹平水土。（《史记·秦本纪》）

以上仅是古籍中较为著名的人祖女神，竟有十九位之多。统治时间最长的周族，其始祖女神的神话也最丰富。这些具有女性祖先身份的女神，由于她们配偶的神秘性，由于她们生育过程的超自然性，而获得了神性。她们作为中国式的女神，有两大特点引人注目：

第一，她们无一例外地生下了伟大、超人的儿子，生下了氏族的第一位男性祖先。可以说，她们是以伟大儿子的母亲这一特殊身份而成为神话传说的中心的。

第二，她们无一例外地没有经历过人世间的两性生活，更没有类似希腊主神宙斯众多的妻子与情妇们所经过的那种浪漫爱情。从人间的观点看，这些女神直到生下伟大的儿子之后，依然是"处女"。这比基督教神话中耶稣母亲玛丽亚的处女身份更为纯粹：玛丽亚在生下"圣婴"之前，还曾获得过一个名义上的丈夫——"义人约瑟"。

神话的宇宙经过无穷的时光磨砺，女神们的生活却始终是枯燥而单调的。只要我们了解了女神世界及其生活，就难免会惊讶地发现：女神的生活没有浪漫内容，用现代标准看，她们毫无自由可言，几乎是那高贵身份的奴隶。中国女神，是一群与爱情绝了缘的女神。

女娲是创世神、救世神，后来又变成了人祖神。西王母是杀气蒸腾的惩罚之神。精卫、天女魃是顽强的战士。不论她们身份如何不同，但无一享有爱情生活却是相同的。相反，女歧是位伟大的母亲，她"无夫而生九子"，但她结的是"无花果"——没有爱情，甚而连异性都未曾触碰过。没有"爱人"倒生有九子！姮娥有过丈夫或许还有过爱情，但是，她既抛舍了丈夫，又弃绝了爱情——去追求一种纯净的、但却是没有人间温暖的生活。姮娥的飞升是以两性隔离为代价的。凡此种种，使人感到古代中国神话，透现着一股性压抑的风格。

有人也许会反驳说："不对。'帝女之尸'，尤其是'瑶姬'的神话，不是纯粹的爱情神话吗？"初听之下，似乎是这样，帝女之尸化成了爱情之草，摘而食之，可取媚于异性。瑶姬神话则满篇都是通情文字。但仔细一看，这两段神话，却是叙述神人关系而非讲述神际关系的。它写的是人之用而非神之体。它的重点是落在"媚于人"、"梦见人与神通"

之类的世俗情感的宣泄上，而决非是在讲述神际之间的异性相爱。女神世界中的爱情故事只有这一段："帝降夷羿"之后，羿射瞎了河伯的眼睛并夺取了他的妻子雒嫔女神。但《天问》上的那三句话，似乎还是以英雄本色为叙述主体，夺人之爱不过是"显出英雄本色"的一段插曲而已。更何况，按照神话的本文，羿的"妻彼雒嫔"也只有行为意义，而非深情表露。夺取敌人的配偶，在古代并算不得一种爱情的表露，只不过是在行使对战利品的支配性权利罢了。

中国神话中爱情内容贫乏之至，而以"爱"为本位的叙述，则闻所未闻。

丁山先生在《中国古代宗教与神话考》的《简狄即高禖》一节中，通过一道道文献学和文字学的考证，得出了以下的结论：

简狄即爱神，亦即春神。春风时至，草木皆苏，春神有促进生殖的能力，也就被人重视为生殖大神了。简狄神格，颇似埃及古代的埃西（ISIS）。

然而，这样解释古代文献，显而易见失之于牵强。

1.高禖神是个极复杂的历史现象，并不简单等同于简狄。

据宋代学者罗泌的《路史》（《余论二》）记载，"皋（高）禖古祀女娲"。之所以奉女娲于高禖的神位之上，是因为"以其载媒，是祀为皋禖之神。"（同上《后纪二》）而早在汉代学者应劭的《风俗通义》中，则有这样的记录："女娲祷祠神，祈而为女媒，因置婚姻。"——为女娲的高禖神格的理论根据提供了合理的解释。闻一多先生《高唐神女传说之分析》一文，则对这一历史现象作了不失为历史主义的分析。认为，"各民族所祀的高禖全是各民族的先妣"。如夏族的高禖神是涂山氏，殷族的高禖神则为简狄，周族的高禖神则是姜嫄，等等。这种描述，可能更近于实况。

2. 高禖不等于简狄，更不等于"春神"。因为古代中国确有另一位春神，那就是上述"原始的女神"中的第六位——鼓歌的女夷。

3. 高禖不是司生殖的春神，更不是全人类普遍的爱神。中国神话中没有爱神，更没有勾连全人类的爱神。我们知道不论是埃及女神伊西斯（埃西）还是巴比伦女神伊斯塔尔，或是希腊女神阿佛洛狄忒、罗马女神普赛克——都是神话世界观中促进宇宙之爱和普遍生机的不朽女神。只要简单透析一下中国神话的各种本文，就可看出，不论简狄还是高禖，都不是这样的神。

以上三点表明，先秦时代的高禖神，仅是女性族神，即属于我们已在女神分类中的第三类——人祖的女神。因而，不同的族，有不同的高禖，而没有中国文化圈所共识共奉的普遍祖神（"人类始祖"），更没有普遍的爱神。

其他古代文化圈中的爱情女神和生殖女神，都曾经历了由地方族神向宇宙之神的演化。但在中国，这种可能的演化却"中断"了，即，没有这种演化的实际展示。例如，到了秦汉帝国已经完成了社会政治的大一统之后，中国文化圈也并没有出现一个普遍的祖神和爱神。填补了爱神空缺的，是一个"婚姻之神"，即《风俗通义》所记"祈而为女媒，因置婚姻"的汉代女娲神（区别于先秦的女娲神）。

那么，学识渊博的丁山先生为什么会作出这样的比附呢？很可能是他觉得，既然其他古代文明都产生过自己的"爱神"，古代中国也必须得有这样一位爱神。但搜遍了古籍却找不到这样一位"合格的爱神"，于是，只能用文献学和文字学的考证技术，为现代中国人"发掘出"一位爱神来——于是，简狄即高禖，"简狄即爱神，亦即春神"的现代神话就产生了。

事实上，遗留至今的古代文献表明，古代中国没有爱神。这意味着发生过两种情况：其一，中国的原始灵性世界是一个没有"爱"的世界。其二，曾经有过爱神，但后来被中华民族的文化记忆给彻底遗忘了。无论是发生了哪一种情况，都可以说，古代中国人的心里没有爱神或忘掉了爱神。

　　古代中国和其他一切现实社会一样，是个两性社会。它不是希腊神话中的"亚马孙"和中国神话中的"女儿国"那样的单性国。一个两性社会怎么能回避爱情呢？通过对高禖神的历史分析不难看到：古代中国用婚姻之神替代了爱情之神。原来，没有爱神或忘掉了爱神的民族，把自己的热情奉献给了婚姻之神。这反映了在现实生活中宁愿牺牲爱情也要维护婚姻的伦常现实。

　　与这种发展十分合拍，中国女神的生活中没有爱情而只有婚姻，这完全可以在十日之母羲和、十二月之母常羲以及十几位"人祖女神"的记录中，得到逐条的证明。只要浏览一下前面引述的材料，就可以看见这种根本不涉及爱情一字的婚姻。这种婚姻的唯一目的就是生下那些大名鼎鼎的伟大儿子来。在"巫术女神"和其他"原始女神"身上，情况就更为奇特了。那里不仅没有爱情，连婚姻也变得稀有。例如，在众多"原始女神"中实现了婚姻的，只有前所援引的羲和、常羲二姐妹（姐妹同嫁帝俊）和不幸成为战俘的女神雒嫔（一身而嫁二夫）。在巫术女神中，只有姮娥实现了那一个终究还是破碎了的婚姻之梦。——但关于她们的爱情，神话的文本丝毫也没有涉及，没有述及这个在社会生活中所有的女子和男子们都十分关切的大问题。

再换一个角度看，精卫和瑶姬一样也是个处女神。她关心的不是如何获得爱情，而是复仇。也许，幸福的大门已经永远对她关闭了，因此她只有把生活的全部希望都寄托在复仇的渴望中，她填平了大海便能获得自己的幸福、完成自己作为女性的使命吗？

女歧也算个未嫁的处女神，但她却是"未婚先孕"。不，是"未合而孕"！在这种讲述中，既包含着对子嗣的热望，又潜藏着对男性的疏离。

瑶姬更惨。从神话发生看，她出现得较晚，因而，更富于世俗的人情味。但毕竟也还是"未行而卒"。可怜的处女神，只有托梦给男子，在梦中实现遗愿。

中国的女神，有真处女（瑶姬与精卫），有假处女（女歧），有独身的（女娲、西王母、女夷、天女魃、娥陵氏），有守活寡的（姮娥）；既有不幸而遭到强暴的（雏嫔），还有一群雍容华贵的可能的贤妻和已然的良母（日、月之母与人祖女神）——但却没有一个作为"爱人"而存在的女神。她们的世界，是一个不知"爱"为何物的世界。

这并不是全部的女神神话，而是遗留至今的残章断简。

　　古籍神话的现况所呈三类女神及其大致比例，不是突发的，而是中国文化心理的长期压力形成的。也就是说，女神神话之所以是这个样子，社会规范是整个"淘汰——选择"过程的关键因素，文明化的压力把不合规范的神迹尽量掩埋并忘却。

　　神话和历史具有永久性的互渗关系。散佚了的古神话，往往能在对历史场景的描述中得到惊人的"复现"。古代神话本是"心灵的历史"，它讲述了古代民族重重叠叠的梦想史。而文明时代的历史文献，则以"实录"的身份被创作并流传。但没有任何一种历史文献，可以完成对历史场景和历史过程的实录。即便全息的文献总汇到一起，也不可能再现流变不已的历史过程。因此，历史文献总也排解不掉神话的气质。

　　三类女神神格，与中国传统社会有关女性典型的三类观念模型，可作如下之比：

　　原始的女神——"女巫"，在民间生活中有绝大影响力的妇女。

　　巫术的女神——"列女"，有杰出的社会表现及个人才能的妇女。

　　人祖的女神——"后妃"，抚育了伟大子孙的妇女。

　　在古代历史文献中，妇女主要以两种身份出现："后妃"

与"列女"。

后妃的出现，最早可以追溯到三代传说中的"祸水"——祸乱天下、灭人之国的妖妇。

夏桀的妹喜、殷纣的妲己、周幽的褒姒，都是获得过君主爱情的美妇人，并以她们的爱情给世界带来巨大的灾难，留下刺人的传说。通向灾难的道路虽然各不相同，且各有曲折的故事，但风格却惊人的一致。事实上，她们能够成为横空出世的灾星，正是以君王的无限宠爱为前提的。在这种故事里，个人的爱情与社会的幸福显然被对立了起来。

这三位获得过稀有的爱情的美妇人，都十分奇特地出身于女奴，是作为赎罪品来到君王身边的。

昔夏桀伐有施，有施人以妹喜女焉；妹喜有宠，于是乎与伊尹比而亡夏。（《国语·晋语一》）

殷纣伐有苏，有苏氏以妲己女焉。（《国语·晋语一》）

褒姒，周时褒国之美女也。褒人献于周幽王，王耽之，遂逐申后，立褒姒为皇后。（《绸玉集》卷一四《美人篇》）

这种雷同很难被设想成巧合，当然更难说是历史的真实。它强烈暗示着，创作这些故事时代的人们在文化评价上的几个特点：一、爱情与灾祸有关，因而是不幸的。二、被男子狂热地爱上的女子大多出身低贱。三、有作为的人（通常当然具有男性身份）应摒弃爱情，或者说，把性爱控制在功利合理的范围内。而这几个特点合成了一个强有力的交响：爱情与阴谋，而要战胜阴谋必先战胜爱情。

很自然，对于一个男性主导的社会来说，异性之间狂热的爱，会起到疏离男性友谊与间隔男性忠诚的作用，因而被视同罪恶与卑贱，是不足为奇的。但是，男性主导的社会并不止古代中国一个，而神话中缺乏爱与爱神，传说中视爱情为罪恶的文化心理，却数中国最为强烈。

创作于明代的《隋炀帝艳史》中有一段文字：

这日炀帝正在宝林院与沙夫人谈论古今的得失，炀帝道："殷纣王只宠得一个妲己，周幽王只爱得一个褒姒，就把天下坏了。朕今日佳丽成行而四海安如泰山，此何故也？"沙夫人道："妲己、褒姒，安能坏殷周天下！自是纣、幽二人贪恋妲己、褒姒的颜色，不顾天下，天下遂由此渐渐破坏。……溺之一人谓之私爱，普同雨露然后叫做公恩。此纣、幽所以败坏，而陛下所以安享也。"炀帝大喜道："妃子之论，深得朕心！朕虽有两京十六院无数奇姿异色，朕都一样加厚，

从未曾冷落了一人，使他不得其所。故朕到处欢然，盖有恩
而无怨也。"（《第十五回》）

这虽是小说、野史，且又成书于明代，却于不期然中透露出
关于爱情问题的传统标准看法。按照这种看法，"私爱"不
及"公恩"高尚。而此处所论之"私爱"（即爱情的专一性）
恰恰是现代爱情观的核心。所谓"公恩"一词，当然是小说
家借以讥讽隋炀帝的纵欲淫荡，但其本意却是履行"敦伦"
义务的行为。我们之所以挑出这段文字以说明古代中国人对
于爱情的官方看法，还因为它区别了"恩"与"爱"两个范畴。
"恩"是受到伦理制约的两性关系，"爱"则是纯粹任情的
两性关系。显然，后者是一种应该受到（即使像隋炀帝这样
荒淫无度的人）谴责的关系。古代占统治地位的爱情观，只
是达到"恩"的王国而无法超越"恩"以抵达"爱"的乐土。
当然，在古代人看来，情形正好是相反的：即克服了"私爱"
而后臻于"公恩"之境，即完成了一个从纯粹任情向伦理制
约的飞跃。

秦汉时代以降的大一统压力，使中国文化圈内的各区域
文化迅速趋同，形成了此后两千年中行之有效的文化模式。
《史记》的出现，在历史文献领域承上启下，成为《二十四史》

的卷首之作，被尊为中国历史著作的典范。对本文而言，《史记》的独创性表现在，它的十二《本纪》于《高祖本纪》之后，另立《吕太后本纪》；而在三十世家中，更特辟《外戚世家》——从而在中国历史视野中，第一次把"后妃"推上了舞台。妇女在古代曾以独立的身份进入神话成为女神；现在，妇女第一次独立地进入历史。

在《外戚世家》的导言部分司马迁写道：

自古受命帝王及继体守文之君，非独内德茂也，盖亦有外戚之助也。夏之兴也以涂山，而桀之放也以妹喜。殷之兴也以有娀，纣之杀也嬖妲己。周之兴也以姜原及大任，而幽王之禽也淫于褒姒。

在这里，婚姻仅仅被理解成一种社会关系（而不是两性之间的心理关系，即爱情），而超过社会关系需要的爱情被叫做"淫"。

反观神话，如出一辙。人祖的女神，实即远古神话中的后妃，也日益走向合乎社会关系及其需要的文明道路。以禹妻涂山氏为例，在《天问》中曾被屈原反问："禹之力献功，降省下土四方，焉得彼嵞（涂）山女，而通之于台桑？闵妃匹合，厥身是继，胡维嗜不同味，而快鼌饲？"两个反问，说明涂山氏原非禹妻，只不过苟合而已。禹的行迹，也颇似希腊的风流天神宙斯，在工余之暇聊试风雨之情而已，但越是在后起的传闻中，涂山氏越像个"明媒正娶"的夫人了。《吕氏春秋·音初》记载了她与禹的以礼相见；《吴越春秋·越王无余外传》则说，"禹三十未娶，行到涂山，恐时之暮，失其制度"云云，然后"因娶涂山，谓之女娇"——俨然成就了一则只有功利，而没有情愫的"封建婚姻"了。爱情描写先是被省略——我们只知道禹与涂山氏"通之于台桑"的性行为，而不知他们的心境，继之被消灭——偷情被媒妁取代，两性关系被社会关系所包容。

《史记》为妇女立传开创了先例，《汉书》继之以发展。影响较大的吕太后与王太后（王莽姑母）之外，还有二十四位皇家女性进入历史。此外，还有一些平民女子（如"巴寡妇清"等）分别因为各自的成就而被单独记录。这些平民女子传记，构成这种从专业或人格的特殊性去描述妇女的传统，获得了定式的发展，并在《列女传》的程式中实现了制度化。

试以《后汉书·列女传》为例，十七位"列女"，一位以母亲的身份被记录；两位以"孝女"的身份被记录；剩下的十四位都是以"××妻"的身份被记录。

十七位列女，可分为两类。

一类是优秀的个人，如智者、学者、文人、隐士等，这类人共有四位，占总数的百分之二十三点五。一类是处理人际关系的模范，如贤妻、好继母、孝女等，这一类共有十三位，占总数的百分之七十六点五。

四位优秀的个人都是得以善终的。而十三位模范人物中，却有八位死于非命：自杀或他杀。其中自杀的六位，他杀的两位。而在自杀的六位中，有两位的死因是由于不肯改嫁。显然，她们进入历史是因为死的意义光荣，而非生的价值伟大。

范晔在《列女传》的引言部分就此作了理论说明："《诗》、《书》之言女德尚矣。若夫贤妃助国君之政，哲妇隆家人之道，高士弘清淳之风，贞女亮明白之节，则其徽美未殊也，而世典咸漏焉。"从而提出了有关列女典型的四个基本模型：贤妃、哲妇、高士、贞女。贤妃当然属后妃传的职能范围，而《列女传》本文则包括了哲妇、高士、贞女等三项。四项模型的比重应大体平衡，但哲妇与高士的总和，还不到模范人物（贞女）的三分之一！社会关系方面的模范人物，因而占据了"列女"的主流。

在浏览各种纪传体史著中的《后妃传》、《列女传》的文本后，就会十分自然地联想到，后妃的功能与人祖女神的神迹有许多相像。首先，典型的（即史书特写的）后妃与人祖女神都无一例外地生下了作为世界统治者的儿子或与这些统治者有血缘关系的人物。其次，她们都与伟大的神或帝王（在古代中国人的意识中，帝王即神。这可以从多种关于帝王降生的神异传说中得到证明），具有一种暧昧的两性关系（这在"神话"中居多）或明确的婚姻关系（这在"历史"中居多）。人祖女神与后妃一样，并不是以全然独立的身份进入神话或历史的，而是以中介、配角的功能成为神话和历史过程中不可或缺的角色。

同样，或以德称或以才颂的列女，和神话中的巫术女神之间，也有气质上的相通。精卫与那些杀身成仁、慷慨赴义的列女之间，有一脉相承的精神关联。区别仅在前者是可以死而转生的神，她只受自然律的制约；后者则是些只有一次生命的凡女，并深受社会律的制约。在天女魃、娥陵氏身上，不也闪动着那些才慧惊人、善于创造的列女们的影子吗？弃夫出逃的姮娥的形象，诚然与《列女传》中的忠贞女子大相径庭，但却与弃家私奔于司马相如的卓文君不乏相似。只是出奔的动机和目的不同而已。至于"未行而卒"、对行使女性权利满怀向往的瑶姬，正道出了那些不幸夭折的少女们的心声。同样显然的是，《列女传》的作者们也像神话的典范一样，并没有描写主人公们的爱情生活，而要断言所有这些列女竟无一人获得过爱情生活，是很难令人信服的，因为有些列女甚至是为旧情而死的。问题在于，《列女传》没有表现其主人公的爱情——这与神话中女神们的遭遇是多么相似啊！

巫术女神与才慧的列女之间的相似，并非一个现代人假托的梦，而是文化史的现象。在古代，巫术曾是人们认识世界并试图控制环境的重要方式。巫术的女神，是原始人类心中的存在，是他们巫术活动的投射。随着文明化，一部分巫术化为科学与艺术，与此同步，对巫术女神的神话描写，也就转化为对才慧超人的列女们的历史绘图。但两种描绘的动机毕竟是不谋而合的：通过这种描写，颂扬了知识、技能、力量，颂扬了业已掌握它们的女性典型。

在古代，具有特殊意志力量的人，还被认为是掌握了某种巫术能力的人。如精卫的意志显然被巫术化了。转到历史描写中，具有非凡品格和道德力量的列女，也就自然地成为注意的中心。

尽管历史著作中的后妃、列女与神话中的人祖女神、巫术女神有对应关系，但在历史著作中却找不到可与原始女神相对应的一类女性典型。实际上，可与原始女神的功能相对应的女性典型不是没有，只是没有被历史著作摄取罢了，她被一种现世的庙堂文化心理给排除掉了，这就是可与后妃、列女鼎足而立的女性通神者（女巫）。这并不奇怪。事实上，女巫是历史上最早的职业妇女，她们第一次把女性从家务劳动或家庭经济中解脱出来，面向整个社会。女巫的职业，是妇女参加最早的社会分工，也是最能得到民间尊重的一种分工。从这种意义上讲，她的源起，自然早于制度化了的后妃，甚至早于文明化、道德化了的列女。女巫的职业，是基于对原始力量的崇拜。因此女巫这一被史书有意忽略的女性典型，与原始女神的关系，比与巫术女神的关系更为密切。

巫师在文明社会中的地位是可以理解的。文明的发展并未赐人以控制自然力的权能。因此在社会生活和思想意识中，也就始终无法消除潜在的巫术因素。科学、艺术的层层进展，削减了巫术的势力。但科学和艺术还不能解决的问题，则保留给了巫术与神话。这就是任何一个文明社会都不能最终消除巫术势力及巫术意识的原因。女巫作为一个职业妇女，因而不仅是最古老的，也是最年轻的。她至今在各个文化圈内以各种形式的活动保持着自己的存在。只是在各种官方文化（包括基督教的统治文化）中，女巫都是被排斥的。

原始的女神是自然力的化身——创世的女娲、司天之历的西王母、生日的羲和与生月的常羲。主管万物生长的女夷、原始生殖力象征的女岐……而古代的女巫，正是这些超自然的神与人类之间，进行交往的信使和媒介。她们为人类召唤自然力量，也替诸神向人间传达旨意……女巫在社会生活中的广泛作用带有世界性。中世纪欧洲（尤其是意大利）的基督教异端裁判所所判处的许多人，并非都是现代意义上的科学思想家，不少人是传统意义上的巫术实践者。其中，女巫占了很大的比例。在中国，民间社会生活中占重要地位的女巫，同样遭到官方文化的漠视与排斥。这种"名不见经传"的萧索情形，当然无法用女巫活动的单一性去解释。事实上，后妃和列女的活动也是相当单一的。代代官史中的"列女"，不仅事迹相似，甚至连叙述她们行迹的语言也尽都模式化了。但这并不妨碍她们牢牢站稳一席的位置。把女巫和巫觋活动排出史籍的，是"不语怪力乱神"的史官精神。也正是在这种精神准则下，女巫的活动失去了神圣性，反倒成了史家在描写西门豹一类人物赫赫政绩时的反面陪衬。但历史的过程是与史书的记录大不相同的。尤其是古代生活中，女巫在人民的信仰（不同于庙堂文化）中，具有一种超度的能力，这种能力的天赋性质，接近于现代人重新发现的特异功能。正如经验所指示的那样，这种能力既可以用来治疗疾病，也可以预卜未来。但有关的机制，甚至连现代科学也未能予以完全的揭示。

在指出了三类女神与三类女性典型之间的对应关系之后，再次可以从不同角度发现，不论在这三组对应的哪一组中，后者的生活也像前者一样缺乏"爱"的要素。要么没有爱，要么把爱等同于淫乱。

从泛文化的角度去看"爱"在中国文化中的表现，则发现文学中有大量的爱情描写。这从中国最早的文学作品《诗经》就开其端绪，到了《楚辞》中则达到了繁荣并实现了一种风格。"美人香草"的泛滥，致使后代的阐释家必定要在其中寻出一个忠君报国的寓意，以圆伦常道德的说梦。秦汉以后，从魏晋的志怪到唐宋的传奇，再到元明清的戏剧、小说，无不充满爱情的主题。这还不包括贯穿历代诗词曲赋中言情的红线。

与中国文学中的爱情盛况形成反照的，是中国哲学中却丝毫不涉及"爱"的观念。除了孔墨时代发出过几声空前绝后的呼喊外（孔子说"仁者爱人"，墨子则侈谈"兼爱"），"爱"并不构成中国哲学合理主义的重心。中国哲学的重心，落在"仁"上。"仁"是理性范畴，而爱则是情感范畴。中国的正统哲学，因而成为一种无情的合理主义，或一种矫情的功利主义。这与西方哲学和印度哲学中向往异域追寻绝对的超理精神，是大不一致的。

中国哲学的此种精神，早在神话时代就崭露端倪了。中国神话颇含生殖的内容（尤见于人祖的女神行迹中），以是不乏生理及行为的性关系描述（以姜原神话较为具体）。但中国神话却没有爱情的内容。也就是说，体现在中国神话中的两性关系，只有生理的、行为的一元，而没有心理的、思想的一元。通俗地说，是只有"肉"而没有"灵"。与这种缺如相映成趣的是，中国文学虽有爱情描写甚至色情文字，但却很少把爱情提高到哲学地位。这等于说，爱情活动即使在文学中也不能位列上品。正是基于此种心理，从来的阐释家在注解爱情篇章时，总要从隐喻的关节下刀解牛，将之说成是言志的或喻世的。纯粹的爱情，若不托庇于别种精神，则不能受人景仰。这种现象在中国精神世界中决不是孤立的。

神话在古代生活中的功能接近于文学还是接近于哲学？对此的解答，在中国现今的学术界还是颇有争议的。但从本文所分析的中国女神神话缺乏爱情内容的状况看，在文学与哲学这两极之间，神话显然是更接近于哲学。因此，中国神话之缺乏爱情故事，似乎不是后代的省漏与遗忘所致，否则就无法解释《诗经》、《楚辞》和历代文学描写中的爱情篇章何以未受省漏，而传诸千古。因此，中国神话之缺乏爱情故事，似乎意味着当时就未有此种神话问世，或虽有零星问世，也远不足以形成一种风格、模式，故终未能受到记录者的注意和采纳。

爱情作为人生的一种体验是恒在的、普遍的。问题在于一种文化表现不表现它，或如何表现它。允许在高级文化（如神话、哲学、宗教）中表现爱情的文化，显然意味着给予了情感范畴以较为优越的地位。同时，也表露了不受功利左右的意志自由。而在高级的精神领域中不谈爱情，则意味着抑制情感、意志与非感情憧憬的合理主义倾向。在高级文化中回避爱情主题的哲学风度，和"不语怪力乱神"的表态，具有深层精神的相通，并获得了相似的文化功能，那就是倡言功利合理主义的精神。

现在我们已经看到中国文化在"爱"这一问题上的两种态度：

第一，中国文学中有爱情内容，但神话与哲学中则没有。因此，文学中的爱情无法上升到一种哲学。

第二，中国神话与哲学包容了性关系的"肉"，却排斥了性关系的"灵"。因此，它对生殖行为给予了肯定，但却漠视了爱情冲动。从夏商周三代的妖姬亡国的历史传说看，爱情甚至被认为是有害的。

这种精神现象说明：

爱情或性关系的"灵"，在中国思想中处于一种半遮半掩的尴尬境地。严格地说，它是不登大雅之堂的，只能在《国风》这种民间小调或《楚辞》这种骚客抒怀中流露流露。《关雎》一诗，也只被认作是"后妃之德"的描述，而决非人的爱情抒怀。中国文学中居上流位置的散文作品，也绝少爱情题材。这暗示我们，从高级精神的角度看，爱情在中国文化的表现（而非中国的生活的存在）中，处于不合法的"低级"的地位。以至于在封建社会里，你可以娶三妻六妾，但却不可以颂扬爱的精神。而中国神话，恰恰在不同程度上揭示和印证了这些矛盾现象。

出版后记

中华文明源远流长。在漫长的历史岁月中，我们中华民族创造了辉煌灿烂的文化成就，践行着自己朴素而真诚的人生和社会理想，追寻着具有鲜明特色的伦理价值和审美境界，展示出丰富、生动、深邃的思想智慧。在很长一段时间内，中国文化在世界文明体系中居于领先地位，其影响力和感染力无比强大，从而在铸就中华民族独特灵魂的同时，也为人类文明的发展和进步作出了重要的贡献。

明清之际，由于复杂的原因，中国社会没有能够有效地完成转型，逐步走向封闭和衰落。鸦片战争的失败，更使中国面临数千年未有之变局，使中华民族沦入生死存亡的艰难境地。为了救国于危难，当时的仁人志士自觉不自觉地把目光投向西方，投向西学，并由此对中国传统文化进行了激烈的批判。从洋务运动、戊戌变法，一直到五四新文化运动，在近代中国救亡图存的历史语境中,传统文化的观念和形态,常常被贴上落后、愚昧的标签,乃至被指斥为近代中国衰落和灾难的祸根,就连汉字和中医这样与国人生命息息相关的文化形态,也受到牵连和敌视,被列入需要废除的清单。对本民族文化的这种决绝态度,在世界各民族的历史上都是罕见的,它既反映了我们中华民族创新发展的非凡勇气,也从一个重要侧面,印证了中华传统文化的顽强和深厚。

今天,历史已经走进 21 世纪,我们中华民族经过不懈的努力和奋斗,迎来了快速发展的良好机遇,国家强盛、民族复兴的曙光就在前方。在这样的时候,在这样的历史背景下,重温我们民族的辉煌、艰难历史,重新认知我们民族的优秀文化和高贵传统,不仅是一种自然的趋势,也是一项庄严的历史使命。理由很简单,我们中华民族要在全球化的背景下真正实现伟大复兴,必须具有足够的凝聚力和创造力,必须具有强烈的自尊心和自信心,而这一切,离不开对本民族优秀文化基因的认同和感念,离不开对优秀传统的继承和弘扬。从这个意义上说,中国传统文化是不绝的源泉,是清新而流动的活水。我们组织出版《中国文化经纬》系列丛书,正是为了汲取丰富的精神滋养,激发我们前行的力量。

本书系计划出版 100 卷,由著名的中国文化书院组织编写，内容涵盖中国传统文化的各个方面和层级，涉及文学、历史、艺术、科学、民俗等多个领域，力求用通俗易懂的语言，用较少的篇幅，使广大读者对中国历史文化有较为全面的认识，对中国精神和中国风格有较为深切的感受。丛书的作者均为国内知名专家，有的是学界泰斗，在国内外享有盛誉，他们的思想视野、学术底蕴和大家手笔，保证了丛书的学术品质和精神品格。

这是一套规模宏大、富有特色的中国传统文化读本，这是专家为同胞讲述的本民族的系列文明故事，我们期待您的关注和阅读，也等待您的支持和批评。

中国书籍出版社

2015 年 9 月

中国文化经纬·第一辑

从黄帝到崇祯：二十四史 / 徐梓 著
华夏文明的起源 / 田昌五 著
孔子和他的弟子们 / 高专诚 著
老子与道家 / 许抗生 著
墨子与墨学 / 孙中原 著
四书五经 / 张积 著
宋明理学 / 尹协理 著
唐风宋韵：中国古代诗歌 / 李庆 武蓉 著
易学今昔 / 余敦康 著
中国神话传说 / 叶名 著

中国文化经纬·第二辑

敦煌的历史与文化 / 宁可 郝春文 著
伏尔泰与孔子 / 孟华 著
利玛窦与徐光启 / 孙尚扬 著
神秘文化的启示：纬书与汉代文化 / 李中华 著
中国古代婚俗文化 / 向仍旦 著
中国书法艺术 / 陈玉龙 著
中国四大古典悲剧 / 周先慎 著
中国图书 / 肖东发 著
中国文房四宝 / 孙敦秀 著
中印文化交流史 / 季羡林 著